名探偵《めいたんてい》
シャーロック・ホームズ

ギリシャ語通訳《つうやく》

名探偵《めいたんてい》シャーロック・ホームズ

ギリシャ語通訳《つうやく》

目次

ギリシャ語通訳《つうやく》 ……67

黄色い顔
THE YELLOW FACE（原題訳「黄色い顔」）

ギリシャ語通訳
THE GREEK INTERPRETER（原題訳「ギリシャ語通訳」）

黄色い顔

依頼人《いらいにん》のわすれもの

わが友シャーロック・ホームズが、たぐいまれな才能《さいのう》の持ち主であったおかげで、わたしは聞き手となり、また、あるときは、その物語の登場人物にまでなっているのだ。

わたしは、これらの事件《じけん》をもとにした短編《たんぺん》シリーズの発表中であるが、ホームズが失敗した事件《じけん》よりも、成功した事件《じけん》のほうをとりあげるのは、まったくあたりまえのことである。これは、わたしがかれの名声が傷《きず》つくことを考えに入れたためではない。むしろ、どうすることもできないような困難《こんなん》に直面しているときにこそ、かれの活動力も、ゆたかな才能《さいのう》も、その威力《いりょく》を発揮《はっき》するのだ。

かれが失敗するような事件《じけん》は、ほかのだれが手がけても、迷宮《めいきゅう》入《い》りとなってしまう。しかし、ときとして、ホームズが失敗しても、事件《じけん》そのものの真

迷宮《めいきゅう》入《い》り　事件《じけん》が解決《かいけつ》せず、真相《しんそう》がわからないままになってしまうこと。

相があきらかになる場合もあった。わたしは、その種の事件記録《じけんきろく》を五、六例もってはいるが、そのうちでは《第二の血のあと》事件《じけん》と、これからかたる事件《じけん》のふたつが、とくべつに興味深《きょうみぶか》いものであろう。

シャーロック・ホームズは、運動のための運動はほとんどしない男だ。しかし、かれほどの腕力《わんりょく》をもっている者はまれだし、同じ重量級のボクサーのうちでは、わたしの知るかぎり、もっとも優秀《ゆうしゅう》であることにまちがいない。

かれは、目的のない肉体の運動をエネルギーのむだづかいと考えていて、なんらかの職業上《しょくぎょうじょう》の目的がなければ、ほとんどからだを動かそうとはしなかった。そのくせ、いったん仕事となればまったくつかれを見せず、だれにも負けない活動力をそなえていたし、ふだん、ろくに運動をしないにもかかわらず、体調はよくととのえられていた。

日ごろの食事はそまつで、毎日の生活は、禁欲的《きんよくてき》といっていいほど質素《しっそ》だった。ときどきコカイン*1を手にすることをのぞけば、ほかにはなんの悪い習慣《しゅうかん》もない。そのコカインにしても、事件《じけん》がなくて、新聞にもまったく興味《きょうみ》をひ

《第二《だい》の血《ち》のあと》事《じ》件《けん》　本《ほん》シリーズに収録《しゅうろく》されているホームズ物語《ものがたり》のうち、七番《ばん》めにおきた事件《じけん》。

かれる記事がないときのひまつぶしに手を出すだけだった。

早春のある日のこと、ホームズはくつろいだ気分で、いっしょに公園へ散歩に出かけようと、わたしをさそいだした。ニレの木は、緑の新芽をほのかにふくらませはじめ、クリはねばねばの槍《やり》の穂先《ほさき》のような新芽が、五枚《まい》に開きかけていた。わたしたちはともに気心の知れた親友なので、ほとんどことばをかわすことなく歩いた。ベイカー街[*2]へもどったのは、五時近くであった。

「失礼します」

ドアを開けて少年給仕がいった。

「先ほど、男の方がお見えになりました」

ホームズは、わたしをとがめるように見ていった。

「午後の散歩はもうごめんだね。ところで、その紳士《しんし》はもうお帰りになってしまったのかね？」

「はい、そうです」

「部屋へ通さなかったのかい？」

少年給仕《しょうねんきゅうじ》 住《す》みこみではたらき、主人《しゅじん》のちょっとした用《よう》をたすボーイのこと。

「はい。お通しはしたのですが」

「どのくらい待っていた?」

「三十分ほどです。そわそわした方で、お待ちになっているあいだもずっと、歩きまわったり、足をふみならしたりしておられました。わたしはドアのすぐ外にいましたから、中のようすはわかります。そしてとうとう、ろうかへ出ていらっしゃると、大声で、

『あの男は、もう帰ってこないのではないか?』

と、おっしゃいました。はい、まったくこのとおりにいわれました。それで、

『もう少しお待ちください』

ともうしましたが、

『ここでは息がつまりそうだ。外で待つことにする。またすぐにもどってくる』

といって、いそいで出ていかれました。なにをもうしあげても、お引きと

めてきませんでした」

「そうか。それならそれでいい」

ホームズは、わたしたちの部屋に入りながらいった。

「しかしワトスン、これはまったくこまったことになったよ。いまぼくは、ひどく事件《じけん》にうえているのだ。いまきた客の落ちつきのなさからみて、事件《じけん》は重大なものらしい。

ああ！ あのテーブルの上のパイプは、きみのものではないね。とすると、客がわすれていったものだ。上質《じょうしつ》の古いブライヤーに、タバコ屋がこはくと呼《よ》んでいる長い吸《す》い口《くち》がつけてある。ほんもののこはくの吸《す》い口《くち》は、ロンドンでだってめったにお目にかかれるものではないよ。中にハエの化石が入っていればほんものだと思っている人もいるけれど、にせものはいくらでもある。

とにかく、これほど大切にしているパイプをおきわすれていくとは、よほど気がせいていたのだろう」

ブライヤー
ブライヤー（ツツジ科《か》）の根《ね》でつくったパイプ。

こはく
マツなどの樹脂《じゅし》が、長《なが》い年月《ねんげつ》のあいだに地《ち》中《ちゅう》でかたまり、石《いし》のようになったもの。黄色《きいろ》やあめ色《いろ》ですきとおっており、かざりなどに使《つか》われる。

吸《す》い口《くち》
パイプの口《くち》にあたる部分《ぶぶん》。

「大切にしていることが、どうしてわかるのかね？」

と、わたしはたずねた。

「そう、このパイプは、買ったときはおそらく[*3]七シリング六ペンスほどの値《ね》段《だん》だった。しかし、二回も修理《しゅうり》したあとがある。一度めは軸《じく》の木の部分、そして次はこはくの吸《す》い口《くち》のところだ。どちらも見てのとおり、銀を使って修《しゅう》理《り》している。パイプの元の値段《ねだん》以上にお金がかかっているにちがいない。同じ金を出せば新しいものを買えるのに、修理《しゅうり》して使うのだから、よほど大切にしているパイプにちがいないということだね」

「ほかになにか、わかるかい？」

とわたしがたずねたのは、ホームズがパイプをいじりながら、いつものように考え深そうにじっと見つめていたからだ。

かれはパイプをもちあげると、まるで骨《ほね》について講義《こうぎ》をしている大学教授《だいがくきょうじゅ》のように、やせた長い人さし指で軽くたたいた。

「パイプはときとして、ひじょうに興味深《きょうみぶか》いものさ」

と、かれはいった。

「おそらく、懐中時計《かいちゅうどけい》と靴《くつ》ひものほかには、これほど個性《こせい》のあるものはないだろうね。しかし、このパイプのとくちょうからは、さしたることはわからない。この持ち主の男は、たくましい体格《たいかく》で左きき。すばらしくじょうぶな歯で、むとんちゃくな性格《せいかく》。金にはこまっていない、ということくらいだ」

ホームズは、ぶっきらぼうな調子でこういったが、自分の推理《すいり》がわたしに理解《りかい》できたかを見さだめるかのように、ちらりとわたしの顔をうかがった。

「七シリングもするパイプを使っているから、金にこまっていないというわけかい？」

と、わたしはたずねた。

「これは、一オンス八ペンスもする、グロブナー・ミクスチャーだ」

手の上にすいがらを少したたきだしながら、ホームズは答えた。

「この半値《はんね》でも、上等のタバコが買えるのだから、金にはこまっていないということさ」

懐中時計《かいちゅうどけい》
ふところやポケットに入《い》れてもちあるく時《と》計《けい》。腕時計《うでどけい》が普及《ふきゅう》する前《まえ》は、携帯用《けいたいよう》に愛用《あいよう》された。

一オンス
英国《えいこく》やアメリカで使《つか》われている重《おも》さの単位《たんい》で、一オンスは二十八・三五グラム。

グロブナー・ミクスチャー
パイプタバコの種類《しゅるい》のひとつ。パイプ愛好《あいこう》家《か》に人気《にんき》がある。

「ほかになにか、わかるかい？」
「それと、かれはランプやガス灯[*4]の炎《ほのお》で、パイプに火をつけるくせがある。こちら側だけがすっかり黒こげになっているのがわかるだろう。もちろん、マッチを使えばこういうことにはならない。マッチをパイプの横へ近づける者はいない。

ところが、ランプで火をつけるとなれば、パイプの火皿の外がこげる。そして、このパイプは右側だけこげている。このことから、ぼくはかれを左ききだと推理《すいり》したのさ。パイプにランプで火をつけてみたまえ。右ききなら、パイプの火皿の左側を炎《ほのお》にかざす。もちろん、右ききの人が、たまには左手でパイプをもつこともあるが、つねにそうすることはないだろう。

次に、この持ち主は、こはくの吸《す》い口《くち》をかんでしまっている。こういうことをするのは、じょうぶな歯で体格《たいかく》のいい、活動的な男にちがいない。しかし、ぼくの耳にまちがいがなければ、そのご本人が階段《かいだん》をのぼってくるようだ。どうやらかれのパイプよりも、もっとおもしろい研究ができそうだね」

火皿《ひざら》
パイプの、タバコをつめるための、丸《まる》くへこんだ部分《ぶぶん》。

理由のわからない百ポンド

そのすぐあとにドアが開き、背《せ》の高い青年が部屋に入ってきた。上品だが地味なダーク・グレーの背広《せびろ》を着て、手には茶色のつば広の中折《なかお》れ帽子《ぼうし》をもっていた。三十歳《さい》くらいに見えたが、実際《じっさい》はもう少し上のようだった。

「失礼いたしました」

かれは、少しょうとまどいながらいった。

「ノックをすべきでした。はい、まったくノックをすべきでした。じつをもうしますと、ちょっと気が動転しておりました。どうぞ、そのせいだとお思いください」

かれは半分目がくらんだような状態《じょうたい》で、手をひたいにあて、すわるというよりはたおれこむようにして、いすにたどりついた。

「ひと晩《ばん》かふた晩《ばん》、ねむっておられないようにお見うけしますが」

中折《なかお》れ帽子《ぼうし》　いただきが、たてにおれくぼんでいる、つばのあるフェルト製《せい》の帽子《ぼうし》のこと。

ホームズは気がるに、愛想よくいった。

「不眠《ふみん》というものは、仕事をするよりも、また楽しみにふけるよりも、神経《しんけい》がやられますからね。ところで、おいでになったご用向きは？」

「あなたのご意見をおうかがいしたいのです。わたしには、どうしたらいいのかわかりません。もう生活のすべてが、ばらばらになってしまったようなのです」

「*5諮問探偵《しもんたんてい》としてのわたしに、依頼《いらい》したいのですね」

「それだけではありません。分別のある方、つまり世なれた方のご意見をうかがいたいのです。わたしの、この先の身のふり方をどうしたらいいのか知りたいのです。あなたなら、きっとそれをお教えくださるだろうと思いまして」

かれは小さいが、するどく、ぎくしゃくとした調子でいった。口をきくのもつらいところを、むりしてどうにか話しているように、わたしには思えた。

「ひじょうにデリケートな問題なのです。だれでも、自分の家庭内のことを他人に話すのは、気がすすまないものです。初対面のおふたりに、自分の妻《つま》の行動についてお話しするなどということは、いたたまれない気持ちです。そうしなければならないとは、まったくいやになります。しかし、自分の力ではどうしようもなくなりましたので、ご助言をいただきたいのです」

「まあ、グラント・マンロウさん――」

とホームズが口を切った。客はおどろいていすからとびあがった。

「えっ！　あなたはわたしの名前をごぞんじなのですか？」

と、かれはさけんだ。

「もし、あなたがご自分の名前をかくしておきたいのでしたら」

と、ホームズは笑いながらいった。

「帽子《ぼうし》の内側には名前を書かないか、話の相手には、帽子《ぼうし》の山の側をお向けになることですね。

いまお話ししようと思っていたところですが、わたしは友人とともに、この部屋で多くの奇怪《きかい》な秘密《ひみつ》を耳にしてきました。また、さいわいなことに、

多くのなやみをかかえた方がたに平安をもたらすことができました。あなたにも、きっと同様にお役に立てるでしょう。とにかく、ことは急を要するようですので、さっそく事件《じけん》の内容《ないよう》をお話しいただきましょうか?」

客は、つらくてたえられないかのように、ふたたび手でひたいをぬぐった。その身ぶりと表情《ひょうじょう》の一つひとつから、かれがひかえめで、人とうちとけない男で、プライドが高く、自分の傷《きず》を人に見せたがらないことがわかった。しかし、とつぜんかれは、にぎりしめていた手をあらあらしくふりあげ、いきおいをつけると、えんりょをすてて話しはじめた。

「ホームズさん、事件《じけん》の内容《ないよう》はこういうことです。わたしが結婚《けっこん》してから、すでに三年がたちます。このあいだ、妻《つま》とわたしは、たがいにやさしく愛しあい、幸福な生活を送っておりました。ふたりのあいだには、考え方、ことば、行いなどの点について、なにひとつちがっていることはありませんでした。

ところが、この月曜日から、わたしたちのあいだに急にかべができたのです。わたしは妻《つま》の生活や考え方について、まるで町で出あう通りすがりの女にたいしてと同じくらいしか知らないということがわかったのです。わたしたちの夫婦仲《ふうふなか》はよそよそしくなってしまいました。わたしはその原因《げんいん》を知りたいのです。

ホームズさん、話を先に進める前に、ひとつだけはっきりもうしあげておきたいことがあります。エフィはわたしを愛しています。このことを誤解《ごかい》なさらないようにお願いします。心底、かのじょはわたしを愛しています。いままでもけっしてかわることはありません。わたしにはそれがわかりますし、また感じとれます。この点については、論《ろん》じる必要はありません。

男というものは、女性《じょせい》に愛されているときには、たやすくそれを感じとれるものです。しかし、わたしたちのあいだに秘密《ひみつ》があるうちは、それが解決《かいけつ》するまで、以前と同じようにはなれないのです」

「マンロウさん、どうぞ事実をお話しください」

ホームズは、待ちきれなくなっていった。

「はい、それでは、エフィの経歴《けいれき》について、わたしがわかっていることをすべてお話しいたしましょう。

はじめてかのじょに会ったとき、かのじょの夫は亡《な》くなっていました。といいましても、年はまだ若《わか》く、わずか二十五歳《さい》です。そのときはヘブロン夫人と名のっていました。若《わか》いころアメリカへ行き、アトランタ[*6]の町に住み、そこでヘブロンという、腕《うで》のいい弁護士《べんごし》と結婚《けっこん》したのです。

子どもはひとりいましたが、その地で流行した黄熱病がもとで、夫も子どもも亡《な》くしてしまいました。わたしはかのじょの夫の死亡診断書《しぼうしんだんしょ》を見たことがあります。こういうことがあって、かのじょはアメリカにいやけがさし、英国のミドルセックス州[*7]のピナーにもどり、未婚《みこん》の叔母《おば》といっしょにくらしていたのです。

亡《な》くなった夫は、かのじょが楽にくらせるだけの遺産《いさん》を残しておりました。四千五百ポンドほどの財産《ざいさん》は、その夫がじょうずに運用していたので、そこから平均《へいきん》七パーセントの利子がえられます。

黄熱病《おうねつびょう》
アフリカ西部《せいぶ》や中南《ちゅうなん》米《べい》にみられる熱帯性感《ねったいせいかん》染症《せんしょう》。黄熱《おうねつ》ウイルスが病原体《びょうげんたい》で、蚊《か》によって伝染《でんせん》する。

四千五百ポンド
現在《げんざい》の日本《にほん》の諸物価《しょぶっか》をもとに考《かんが》えると、一ポンドは約《やく》二万四千円《えん》。四千五百ポンドは約《やく》一億八百万円《えん》になる。

利子《りし》
預金《よきん》や債券《さいけん》をもっていることによってしはらわれる、利息《りそく》のこと。

わたしがエフィと会いましたのは、かのじょがピナーへやってきてから、ほんの六か月後のことです。わたしたちはたちまち恋《こい》に落ち、数週間ののちには結婚《けっこん》いたしました。

わたしはホップをあつかう商売をしていて、年に七、八百ポンドは収入がありますから、ふたりで裕福にくらすことができます。ノーベリに、年八十ポンドで快適《かいてき》な別荘風《べっそうふう》の屋敷《やしき》を借りております。このささやかな家はロンドンに近いのですが、とても閑静《かんせい》なところです。わたしたちのまわりには宿屋が一軒《けん》と家が二軒《けん》あり、また前の野原の向こう側に小さな別荘《べっそう》が一軒《けん》あるだけで、そのほかは駅までの道を半分ほど行かなければ、家はまったくございません。

わたしは商売の都合で、ある時期はロンドンへ行かなければなりませんが、夏のあいだは仕事はほとんどありませんから、そのひなびた屋敷《やしき》で妻《つま》とふたり、なんの不足もなく幸せにすごしておりました。このいまわしい事件《じけん》がおきるまでは、わたしたちのあいだに不幸のひとかけらもありませんでし

ホップ
クワ科《か》の植物《しょくぶつ》で、ビールに苦味《にがみ》をつけるのに使《つか》われる。

ノーベリ
ロンドン中心部《ちゅうしんぶ》から南《みなみ》に約《やく》10キロメートルの距離《きょり》にあり、現在《げんざい》はクロイドン区《く》に属《ぞく》している。ホームズの時代《じだい》にはロンドンの近郊《きんこう》とされていて、サリー州《しゅう》との境《さかい》にあった。別荘《べっそう》が多《おお》い。

た。

話を進める前に、もう一点だけお話しせねばならないことがあるのです。わたしたちが結婚《けっこん》したとき、妻《つま》は財産《ざいさん》のすべてをわたしの名義《めいぎ》にしました。このことには、わたしは気が進みませんでした。そうした場合、もしわたしが商売に失敗したとき、まずいことになるからです。

でも、妻《つま》がどうしてもというものですから、そういたしました。ところが、六週間ほど前のことになりますが、妻《つま》がこうもうすのです。

『ジャック、わたくしのお金をあなたの名義《めいぎ》にしたとき、お金が必要なときは、いってくれっておっしゃいましたわね』

『もちろんさ。あれはすべて、おまえのお金だ』

と、わたしはもうしました。

『それでは、わたくし、百ポンドいりようですの』

わたしは、これには少しょうおどろきました。ドレスでも新調するのかと思いましたのに、金額《きんがく》が多すぎます。

『いったい、なにに使うのかね？』

と、わたしはたずねました。

『まあ』

と、妻《つま》はじょうだんのような口調でもうしました。

『あなたは、わたくしのお金をあずかる、銀行の役をするとおっしゃいましたわ。でしたら、銀行はよけいな質問《しつもん》はなさらないで』

『そう、本気なら、お金は用意するよ』

『はい、それはもちろん本気ですわ』

『でも、なににお金がいるかは話したくないのだね』

『いつかお話しするときがくるでしょう。でもいまはだめ、ジャック』

それ以上たずねるわけにはまいりません。これがわたしたち夫婦《ふうふ》のあいだの、はじめてのかくしごとでした。わたしは妻《つま》に小切手をわたし、このことについては、それ以上はなにも考えませんでした。その次におこったこととこのことは、なんの関係もないのかもしれませんが、いちおうお話ししてお

小切手《こぎって》
銀行《ぎんこう》に当座預金《とうざよきん》をもっている人《ひと》が、ほかの人《ひと》にお金《かね》をはらうとき、必要《ひつよう》な金額《きんがく》を書《か》いてわたす書《か》きつけのこと。

いたほうがよろしいかと思い、もうしあげました。
先ほどお話ししましたように、わたしたちの家からそう遠くないところに、小さな別荘《べっそう》があります。わが家とその家とのあいだには野原があるだけですが、そこへ行くには街道を行き、わき道へ入らなければなりません。その別荘《べっそう》のすぐ裏《うら》は、みごとなヨーロッパアカマツの小さな森になっていて、わたしは以前から、そのあたりを散歩するのを好んでおりました。木というものは、いつでも人をなごませてくれるものです。
この別荘《べっそう》は、ここ八か月ほど空き家でした。スイカズラのからんだ古めかしい玄関《げんかん》がある、しゃれた二階家でしたから、わたしは何回もその前に立ちどまっては、小ぎれいな家になるだろうと思ったりしていました」

ヨーロッパアカマツ
マツ科《か》の常緑針葉《じょうりょくしんよう》樹《じゅ》。日本《にほん》のアカマツに似《に》ている。

スイカズラ
スイカズラ科《か》の植物《しょくぶつ》で、山《やま》や野原《のはら》にはえる。観賞用《かんしょうよう》として栽培《さいばい》もされる。

ひっこしてきた、あやしい隣人《りんじん》

「ところが、この前の月曜日の夕方のことです。別荘《べっそう》のほうへ散歩していますと、からの荷馬車がわき道から出てくるのに会いました。その別荘《べっそう》の玄関《げんかん》近くの芝生《しばふ》には、じゅうたんなどの家具類がたくさんつんでありますす。ついに、この家に借り手がついたのです。

わたしは家の前を通りすぎ、通行人がよくやるように立ちどまって、近所に住むことになったのはどういう人かなどと思いながら家を見まわしました。そして、家をながめていると、とつぜん二階の窓《まど》からわたしを見つめている顔があることに気づいたのです。

ホームズさん、それはべつにどうということもない顔だったのですが、見たとたん、背中《せなか》が寒くなるような気がしたのです。わたしのところからは少しはなれていたので、顔つきまではわかりませんでしたが、その顔はなんとも不自然で、人間のものとは思えないようなものだったのです。そう感じましたので、わたしはもっと近づいて、自分を見つめている人影《ひとかげ》をさらによく見ようとしました。

ところが、そのしゅんかんにその顔はとつぜん見えなくなってしまいました。その消え方がまたとつぜんでしたので、まるで部屋のやみに顔がすいこまれでもしたかのように思えました。

わたしは五分間ほどそこに立ちどまり、あれこれ考えをめぐらせ、このことを理解《りかい》しようとしました。しかし、それが男の顔か、女の顔かさえもわからないのです。しかし、顔の色だけがとてもあざやかに記憶《きおく》に残りました。それはくすんだような黄色で、ぞっとするほどぶきみに、硬直《こうちょく》した感じなのです。

わたしはすっかり不安にかられ、この家に新しくひっこしてきた住人のことをもっとくわしくしらべてみようと決心しました。そこで戸口に近づきノックをしますと、ドアはすぐに開き、きつくておそろしい顔つきをした、背《せ》の高いやせた女が出てきました。

『なんのご用ですか？』

と、女は北部なまりでたずねました。

『すぐ向かいに住んでいる者です』

とわたしは自分の家に顔を向けながらいいました。

『ひっこしなさったばかりのごようすなので、なにかおてつだいでもできればと思いまして――』

『あい。てつだってもらいたけりゃ、こっちからお願いに行きますよ』

女はそういうなり、わたしの目の前でドアをばたんと閉めてしまうのです。わたしは、この礼儀知《れいぎし》らずのことわり方にすっかり腹《はら》を立て、その別荘《べっそう》にさっと背《せ》を向けると、わが家へもどりました。その夜は、ほかのことを考えようとつとめても、あの窓《まど》ぎわにあらわれたぶきみな顔と礼儀知《れいぎし》らずの女のことが頭からはなれませんでした。

しかし、妻《つま》は神経質《しんけいしつ》でひどく気にしやすい女性《じょせい》ですから、ぶきみな顔につ

北部《ほくぶ》なまり
あとの部分《ぶぶん》（P61）にスコットランド出身《しゅっしん》の女《おんな》とあるので、スコットランドで使《つか》われている英語《えいご》の方言《ほうげん》、スコティッシュのなまりをさしているのだろう。

いてはいっさい話さないようにいたしました。また、あの礼儀《れいぎ》知《し》らずの女からうけた不快な気分を、妻《つま》にまでわざわざ知らせることもないと思いました。

それでも、ねる前に、あの別荘《べっそう》に新しい住人がこしてきたことだけは妻《つま》に話しましたが、かのじょはそれについてはなにもうしませんでした。

わたしはいつもひじょうにふかくねむってしまうので、夜はなにがおきても目をさまさないだろうと、家の者からもからかわれていました。ところが、その夜は、夕方のちょっとした事件《じけん》のために少しょうこうふんしていたらしく、いつもよりかなりあさくねむっていたようでした。

夢うつつに、わたしは部屋の中でなにかがおこっているのに気づきました。そして、それがだんだんにはっきりするにつれて、妻《つま》が服を着て、外套《がいとう》をはおり、帽子《ぼうし》をかぶっているのがわかりました。この真夜中に外出のしたくをしているとはといぶかしく思い、それをとがめようと、ねむい目をこすり、ぼそぼそといいかけたときです。半分ねぼけたわたしの目にろうそくの

外套《がいとう》　雨《あめ》や寒《さむ》さをしのぐために着《き》る服《ふく》。

光にてらされた妻《つま》の顔が入ると、わたしはあまりのおどろきに口もきけなくなってしまいました。

妻《つま》は、わたしがそれまで一度も見たことのない表情《ひょうじょう》をうかべていたのです。妻《つま》があのような顔ができるはずはないと思うような顔でした。死人のように青ざめて、息をはずませ、外套《がいとう》をはおりながら、わたしの目をさまさせたのではないかと、そっとベッドのほうに目を向けるのです。

やがて、わたしがよくねむっていると思ったようで、そっと部屋を出ていきました。それからしばらくして、玄関《げんかん》のドアのちょうつがいがはずれる金《きん》属《ぞく》のするどい音が聞こえました。わたしはベッドからおきあがり、こぶしでベッドの手すりをたたき、まちがいなく自分が目をさましていることをたしかめました。そして、まくらの下から懐中時計《かいちゅうどけい》を出しました。午前三時でした。夜中の三時に、妻《つま》はいなかの街道へいったいなにをしに出ていったというのでしょう。

わたしはこの問題について、二十分ほどあれこれと考えをめぐらせ、なん

ちょうつがい
開《ひら》き戸《ど》などにもちいる金具《かなぐ》。片方《かたほう》はわくに、もう片方《かたほう》は戸《と》などにつけて、開閉《かいへい》できるようにする。

とかつじつまをあわせようとしました。しかし、考えてみればみるほど、異《い》常《じょう》でふしぎなことに思えました。わたしがひたすら考えあぐねているうちに、玄関《げんかん》のドアがふたたびそっと閉まる音が聞こえ、階段《かいだん》をあがってくる妻《つま》の足音がしました。

『エフィ、どこへ行っていたのかい？』

妻《つま》が部屋に入ってくるなり、わたしはたずねました。

わたしの声を聞くと、妻《つま》はびっくりして、息をのみこむような声をあげました。そのさけび声とおどろきようは、さらにわたしを不安におとしいれました。なんともいえない後ろめたさが、そこには感じられました。つね日ごろから、妻《つま》は素直《すなお》で、かくしごとなどしない性格《せいかく》です。それが、自分の部屋へこっそりもどってきて、夫に声をかけられ、おどろいてさけび声をあげるというのですから、わたしはぞっとしました。

『ジャック！　目をさましていらしたのね』

妻《つま》は神経質《しんけいしつ》そうに笑いながらさけびました。

『あなたは、なにがあってても目をさまされないと思っておりましたのに』

『どこへ行っていたのだ？』

わたしは、さらにきびしく追及《ついきゅう》しました。

『おどろかれるのも、むりはございませんわ』

と、妻《つま》はもうしましたが、外套《がいとう》のボタンをはずす、かのじょの指はふるえておりました。

『わたくし、このようなことをしたのははじめてでございます。なにか息苦しくて、外の新鮮《しんせん》な空気がむしょうにすいたくなりましたの。外へ出なければ、きっと気絶《きぜつ》していたことでしょう。ほんの二、三分間、玄関《げんかん》の外に出ておりましたら、もうすっかり元のとおりですわ』

こう説明しているあいだ、妻《つま》は一回もわたしのほうを見ませんでしたし、声の調子もいつもとまったくちがっておりました。うそをついていることはあきらかでした。わたしはなにも返事をしないで、かべのほうに向きをかえましたが、気分が悪く、心の中には数かずの疑《うたが》いがうずまくのでした。

妻《つま》がわたしにかくしているのは、いったいなんなのか？　あの奇怪《きかい》な外出のあいだに、どこへ行ったのだろうか？　それを知るまでは平安な気持ちになれませんが、一度うその答えを聞かされたあとに、さらに追及《ついきゅう》する気にもなれませんでした。それから夜じゅう、わたしはねむれぬままに、寝返《ねがえ》りをうちつつ、あれこれと考えをめぐらせました。しかし、考えれば考えるほど、わからなくなるばかりでした」

妻《つま》はなにかをかくしている

「翌日、わたしはロンドンのシティ[*8]へ行くことになっていましたが、あまりにも気になって仕事どころではありませんでした。妻《つま》のほうも、わたしと同じように気が動転しているようで、わたしのほうをさぐるような目つきで見

ていましたから、わたしが妻《つま》の説明では納得《なっとく》していないことを知っていて、どうしたらよいものか、思案にくれているようでした。

朝食のあいだ、わたしたちはひとことのことばもかわしませんでした。そして食事のすぐあとで、わたしは朝の新鮮《しんせん》な空気のもとでさらに考えてみようと、散歩に出かけました。

わたしはクリスタル・パレス[*9]まで出かけ、庭園で一時間ほどすごすと、一時にはノーベリへもどってまいりました。たまたま、あの別荘《べっそう》の前を通ることになりましたので、ちょっと立ちどまり、昨日わたしを見つめていたあの奇怪《きかい》な顔がまた見えるのではないかと思い、窓《まど》のほうをながめました。

そのとき、とつぜん玄関《げんかん》のドアが開いたと思いましたら、そこから妻《つま》が出てきたのです。ホームズさん、わたしのおどろきがどれほどだったか、どうぞおさっしください。

妻《つま》の姿《すがた》を見て、あまりのおどろきでことばもありませんでした。ですが、わたしたちが顔をあわせたときの妻《つま》のおどろきにくらべれば、わたしのおどろきなど、ものの数ではありません。

いっしゅん、妻《つま》は玄関《げんかん》の中へにげこもうとしましたが、すぐにかくしだてはむだだと思ったようで、つくり笑いとすぐわかるような青ざめた顔に、おびえた目つきで近づいてまいりました。

『まあ、ジャック、わたくし、新しいおとなりさんに、なにかおてつだいはないかと思い、おうかがいしましたの。なぜそんな目でわたくしをごらんになりますの？　わたくしのこと、おこっていらっしゃるわけではないわね？』

『そうか』

とわたしはいいました。

『昨日の夜中に出かけたのは、ここなのだね』

『まあ、なんのことかしら？』

と妻《つま》はさけびました。

『きみはここへきたのだ。まちがいはない。あの時刻《じこく》に訪問《ほうもん》するとは、いったい、ここにはどういう人間が住んでいるのだ？』

『わたくし、いままでこちらへうかがったことなどありませんわ』

『きみは自分でもうそとわかっていることを、どうしていえるのかい？』

とわたしはさけびました。

『話し声までかわっているではないか。わたしが、これまでおまえにかくしごとをしたことは一度もなかったはずだ。わたしがこの家に入って、いっさいしらべよう』

『いいえ、ジャック、お願い！』

かのじょは自分の感情《かんじょう》をおさえられずに、息をはずませてもうしました。そして、ドアに近づこうとするわたしのそでをつかみ、必死に引きもどすのです。

『どうぞ、お願いですから、おやめになって、ジャック』

と、妻《つま》はさけびました。

『いずれ、なにもかもお話しいたします。でも、いまあなたがこの家にお入りになれば、不幸な結果にしかなりません』
そして、わたしがかのじょをふりはらおうとすると、気がくるったように
わたしにしがみつき、たのむのでした。
『わたくしを信じて、ジャック！』
と妻《つま》はさけびました。
『今回だけはわたくしを信じてください。けっして後悔《こうかい》させるようなことは
いたしません。あなたのためになること以外で、わたくしはかくしごとなど
いたしませんわ。
これには、わたくしたちの生活すべてがかかっています。このままわたく
しといっしょに帰宅《きたく》してくだされば、すべてうまくおさまります。でも、ど
うしてもあの家へお入りになるとおっしゃるのなら、わたくしたちの仲も、
もうこれまででございます』
妻《つま》の態度《たいど》があまりにも必死で真剣《しんけん》でしたので、かのじょのことばに引きと
められ、わたしはドアの前でためらっておりました。

『それでは、条件付《じょうけんつ》きで――ひとつだけ条件《じょうけん》をつけて、信じることにしよう』

と、わたしはもうしました。

『こんなきみょうなまねは、もう今回かぎりにしてもらいたい。きみが秘密《ひみつ》をかくしつづけるのはかまわないが、夜中に出かけたり、わたしの知らないところでなにかをしたりするようなまねは、二度としないと約束してほしい。今後、そのようなことをしないと約束してくれるなら、すぎたことについては、よろこんでわすれることにしよう』

『きっと、信じてくださると思いましたわ』

と妻《つま》はほっと大きくため息をつき、いいました。

『おっしゃるとおりにします。さあ、家へもどりましょう』

妻《つま》はわたしの服のそでをさらに引き、わたしをともなって別荘《べっそう》をはなれました。歩きながらふと後ろをふり向きますと、二階の窓《まど》からまた、あの黄色いぶきみな顔がわたしたちを見つめているのでした。

あの生き物と妻《つま》のあいだには、どのような関係があるのだろうか？　また、昨日会った、あのがさつで失礼な女は、妻《つま》とどういう関係があるのだろうか？　これは奇怪《きかい》ななぞです。しかも、そのなぞがとけないかぎり、自分の心がけっして落ちつきをとりもどせないことが、わたしにはわかっていました」

もぬけのからの別荘《べっそう》

「このことがあってから、わたしは二日間家におりました。わたしたちの約束を妻《つま》は忠実《ちゅうじつ》に守っているようで、わたしが知るかぎりでは、屋敷《やしき》から一歩も出かけませんでした。しかしわたしは、三日めに、あのかたい約束でも、妻《つま》を、夫や義務《ぎむ》につなぎとめておくことはできない秘密《ひみつ》の力がはたらいているという、たしかな証拠《しょうこ》を見てしまったのです。

その日、わたしは町へ出かけました。帰りは、いつも使う三時三十六分の列車ではなく、二時四十分の列車でもどりました。屋敷《やしき》へ入ると、メイドがおどろいた顔つきで、玄関《げんかん》ホールへ走ってむかえに出てきました。

『妻《つま》はどこかね？』

とわたしはたずねました。

『散歩にお出かけかとぞんじますが』

とメイドは答えました。

すぐに、わたしの心は疑《うたが》いの気持ちでいっぱいになりました。まっ先に二階へ行き、妻《つま》が家にいないことを確認《かくにん》しました。そしてなにげなく窓《まど》から外を見ましたら、いまわたしが話をかわしていたメイドが、野原を横切り、あの別荘《べっそう》のほうへ走っていくのが見えるではありませんか。

それで、もちろんわたしはすべてをさとったのです。妻《つま》はあの家へ行っていて、メイドには、わたしがもどったら呼《よ》びにくるようにといいつけてあったのです。いかりのあまりふるえながら、わたしは階下へかけおり、今度こそこの問題をはっきりさせようと決意し、野原を走っていきました。

とちゅうで妻《つま》とメイドがあわてて小道をもどってくるのが見えましたが、わたしは立ちどまってふたりと話すことはしませんでした。あの別荘《べっそう》の中には、わたしの生活に暗いかげを投げかけている秘密《ひみつ》があるのだ。いかなることがあっても、その秘密《ひみつ》をあばこうと思ったのです。

別荘《べっそう》に着くと、わたしはノックもせずにドアの取っ手をまわし、ろうかに入りました。

一階は、まったくしんとしずまりかえっていました。台所では火にかけられたやかんがカタカタ音を立て、バスケットの中には大きな黒ネコがまるくなっているだけでした。わたしが前に見た女の、かげも形もありません。べつの部屋へもいそいで入ってみましたが、まったくけはいはありません。

そこで階段《かいだん》をかけあがってみましたが、上の階も、ふたつのからの部屋があるだけでした。屋敷《やしき》にはだれひとりいないのです。家具や絵はまったくありふれた安物でしたが、わたしが窓辺《まどべ》で、あの奇妙《きみょう》な顔を見た部屋だけはちがっていました。そこだけは気持ちよく上品にととのえられていて、暖炉《だんろ》のたなの上には、わたしの妻《つま》の全身写真がかざってあるのを見つけました。わたしの疑《うたが》いの気持ちは、炎《ほのお》のようにはげしく燃《も》えあがりました。この写真は、ほんの三か月前にわたしが希望してとらせたものです。

わたしは、家の中に、ぜったいにだれもいないことが確認《かくにん》できるまで、ずっとそこにおりました。そして、いままでになく重い気持ちでそこから出ました。

屋敷《やしき》へもどると、妻《つま》がホールへ出てまいりました。しかしわたしは、あまりにも傷《きず》つけられ、おこっていましたから、話をする気分になれず、かのじょをおしのけ書斎《しょさい》に入ってしまいました。それでも妻《つま》は、わたしがドアを閉めないうちに、あとをおって入ってまいりました。

『ジャック、約束をやぶり、もうしわけございません』

と妻《つま》はもうしました。

『でも、事情《じじょう》がすっかりおわかりになれば、おゆるしくださいますわ』

『では、すべてを話しなさい』

と、わたしはいったのです。

『できませんの、ジャック。それができないのです』

と、かのじょはさけびました。

『あの家に住んでいるのがだれで、あの写真をかざった相手がだれかを話さないかぎり、わたしたちのあいだに信頼《しんらい》はありえない』

とわたしはいい、妻《つま》をふりはらい、屋敷《やしき》を出てきたというわけです。ホームズさん、それが昨日のことです。それから妻《つま》には会っていません。この奇《き》怪《かい》な事件《じけん》について、これ以上のことはなにもわかりません。わたしたち夫婦《ふうふ》のあいだに暗いかげがさしたのは、これがはじめてです。わたしはすっかり動転してしまい、どうしたものかさっぱりわかりません。

そして今朝、急に、あなたならきっとよく相談にのってくださるはずだと思い、さっそくおうかがいし、すべてをあらいざらいお話ししたのです。なにかはっきりしないことがありましたら、どうぞおたずねください。でも、それより先に、わたしはどうしたらよいかを早く教えてください。このような不幸に、わたしはもう、たえられません」

感情《かんじょう》をたかぶらせている男が、とぎれとぎれに話すこの異常《いじょう》な話に、ホームズもわたしもこの上ない興味《きょうみ》をいだきつつ、耳をそばだてた。話を聞きおわっても、わが友はほおづえをつき、考えこんだまま、しばらくのあいだなんのことばもなかった。

死んだはずの夫が生きている?

「すると」

とかれはやっと口を開いた。

「あなたが窓《まど》で見たものが、男の顔だとはいえないわけですね?」

「はい、二回ともかなりの距離《きょり》から見たものですから、わたしははっきりもうしあげることはできません」

「しかし、それをごらんになって不愉快《ふゆかい》な印象《いんしょう》をおうけになったのですね」

「顔の色が不自然で、目鼻立ちがへんに硬直《こうちょく》しているように感じました。それに、わたしが近づくととつぜん見えなくなってしまったのです」

「奥《おく》さまが百ポンドを請求《せいきゅう》なさってから、どれくらいたっていますか？」

「ほぼ二か月です」

「奥《おく》さまの最初のご主人の写真をごらんになったことはおありですか？」

「いえ。その夫が亡《な》くなった直後に、アトランタで大火事がありまして、かのじょはすべての書類《しょるい》を焼いてしまったのです」

「それにもかかわらず、死亡診断書《しぼうしんだんしょ》はもっておられたのですね。見せてもらったとおっしゃいましたが」

「はい、火事のあと、再発行《さいはっこう》してもらったものです」

「どなたか、アメリカでの奥《おく》さまをごぞんじの方にお会いになったことはおありですか？」

「いいえ」

「奥《おく》さまは、アメリカをふたたびたずねるという話をなさったことはおありでしたか？」

「いいえ」

「それでは、アメリカから手紙がくるようなことは？」

「わたしが知っているかぎりでは、それもありません」

「わかりました。この問題について、少し考えてみることにいたしましょう。もしその別荘《べっそう》に今後だれもあらわれないとすると、ことはかなりやっかいなことになるかもしれません。

しかし、そのぎゃくに、昨日あなたがくるのを、そこの住人が知らされていて、あなたが入る前ににげたのだとすると——おそらくはそうだと思いますが、いまごろはもどってきているでしょうから、すべてはかんたんに解決《かいけつ》してさしあげられるでしょう。

それでは、あなたはノーベリへもどられて、再度《さいど》その別荘《べっそう》の窓《まど》をおしらべになるようにおすすめします。もし、人がいると信じるにたりる証拠《しょうこ》がありましたら、むりにおしいったりはせず、わたしの友人とわたしに電報《でんぽう》をうってください。われわれは電報《でんぽう》をうけとりましたら、一時間以内に出向き、すぐに事件《じけん》の真相をつきとめるでしょう」

「わたしがもどっても、まだだれもいなかったら？」

「その場合は、あす、わたしのほうから出向き、しっかりお話をいたしましょう。では、さようなら。とにもかくにも、たしかな証拠《しょうこ》をつかむまでは、いらいらしてはいけません」

グラント・マンロウ氏をドアまで送り、もどってきたときに、わが友はわたしにいった。

「これは悪い事件《じけん》のようだね、ワトスン。きみはどう思う？」

「たちの悪い感じだね」

と、わたしは答えた。

「そうだ。これは恐《きょう》かつがからんでいることに、まちがいはないだろうね」

「とすると、だれが恐《きょう》かつをしているのかな?」

「そう、あそこでただひとつの居心地《いごこち》のいい部屋に住み、そして暖炉《だんろ》の上に、マンロウ氏の妻《つま》の写真をおいている人物にちがいない。いいかい、ワトスン、窓辺《まどべ》のぶきみな顔というのが、なにかひじょうにひっかかる。どうしてもこれを見のがすわけにはいかないよ」

「考えがまとまったかい?」

「そう、まあ、かりにだがね。けれども、もしこれがあたっていないとしたら、ぼくにはおどろきさ。あの別荘《べっそう》にいるのは、あの女性《じょせい》の前の夫だ」

「どうしてそう思うんだい?」

「ほかに、なぜ現在《げんざい》の夫を別荘《べっそう》へ入らせないように、あれほどやっきになるのか説明できないではないか。まあ、ぼくの読みでは、真相はこういうことだろうね。

この女性《じょせい》はアメリカで結婚《けっこん》したが、当時の夫がしだいに、なにかいやな性《せい》格《かく》になってきたとか、あるいはまた、おそろしい病気になったのだ。たとえばハンセン病[*10]とか、かなりの知的障《ちてきしょう》がいにでもなった、といっていいだろうね。とにかく、ついにかのじょは夫からのがれてイングランド[*11]へもどり、名前もかえて、新しく人生をスタートさせたつもりだった。結婚《けっこん》して三年たち、現在《げんざい》の夫には、にせの名前の、どこかの男の死亡診断書《しぼうしんだんしょ》も見せてあることだし、もう安全だと思っていた。

ところがとつぜん、前の夫といっしょにくらすようになったどこかのひどい女が、かのじょの居所《いどころ》をつきとめた。かれらは手紙を送り、すべてをあばくとかのじょを脅迫《きょうはく》した。かのじょは夫に百ポンド要求すると、その金でかれらをおいはらおうとした。しかし、それでもかれらはやってきた。

夫がさりげなく、別荘《べっそう》に新しい人がこしてきたと話したとき、かのじょは、それが自分を脅迫《きょうはく》している者であることを知った。そこでかのじょは、夫がねむりにつくのを待って、別荘《べっそう》へ急行し、自分の平和をみださないでくれとたのんだ。それが聞きいれてもらえなかったので、次の日の朝、ふたたびたずねた。だが、その別荘《べっそう》から出てくるところで、先ほどの話どおり、夫と出くわしてしまった。

そこで、夫には二度とそこへ行かないと約束はしたものの、二日後には、そのおそろしい隣人《りんじん》を、なんとかおいはらいたいという気持ちには勝てず、もってこいと要求されたとおぼしい自分の写真をもち、ふたたび出かけていった。この話しあいの最中に、メイドがかけつけてきて、妻《つま》にご主人さまがお帰りになったと知らせた。

かのじょは、夫がすぐにでもこの別荘《べっそう》へかけつけることをさとり、あわてその連中を裏口《うらぐち》から外へにがした。たぶん、すぐ裏手《うらて》のマツ林の木立の中へにがしたのだろう。

こういうわけで、かれが着いたときには、そこにはだれもいなかったのだ。しかし、かれが今夜もう一回ようすをさぐりに行って、まだだれもいないということは、まずありえないね」

「すべて、推測《すいそく》ばかりだね」

「けれども、少なくとも、すべての事実とつじつまがあっている。もし、これにあてはまらない、新しい事実が出てきたら、そのとき考えなおせばいいではないか。ノーベリのわれわれの友人から、新しい報告《ほうこく》がとどくまでは、ぼくたちはこれ以上なにもできないよ」

しかし、わたしたちは、さほど待つ必要はなかった。ちょうどお茶をすませたときに、電報《でんぽう》がとどいたのだ。

別荘《べっそう》にはまだ人がいる。例の顔が窓《まど》からまた見えた。七時の列車でおいでこう。それまではなにもせず。

あやしい別荘《べっそう》にふみこむホームズ

わたしたちが列車からおりたつと、マンロウ氏はプラットホームで待っていてくれた。駅のランプの明かりのもとで見ると、かれはひどく青ざめた顔で、こうふんしてふるえていた。

「ホームズさん、かれらはまだ、あそこです」

と、かれはホームズの服のそでをつかんでいった。

「いま、ここへくるときにも、あの別荘《べっそう》には明かりがついていました。今度こそ、徹底的《てっていてき》にかたをつけてしまいましょう」

「では、あなたはどうされるおつもりですか？」

暗い並木道《なみきみち》を歩きながら、ホームズはたずねた。

「わたしは、力ずくでも中へ入って、あの家にいるのが何者なのか、自分の目でつきとめてやります。おふたりには、証人《しょうにん》としてそこに立ち会っていただきたいのです」

「この秘密《ひみつ》はあばかないほうがいいと、奥《おく》さまがおっしゃっているにもかかわらず、あなたはそれをあばこうと決心されたのですか？」

「はい、そう決心いたしました」

「そう、それは正しいお考えだとわたしは思います。どんな真実だとしても、あいまいな疑問《ぎもん》をかかえているよりましです。では、わたしたちはすぐに出かけたほうがいいでしょう。もちろん、法律的《ほうりつてき》に見れば、わたしたちのすることはまったくまちがっているわけでしょうが、そうするだけの価値《かち》はあるでしょう」

ひどく暗い夜で、本道から、両側に生《い》け垣《がき》があり、ふかいわだちのある小道におれるころには、小雨がふりはじめていた。しかし、グラント・マンロウ氏は、せかせかと足早に進むので、わたしたちも、もたつきながらできるかぎりかれのあとについていった。

「あそこに、わたしの家の明かりが見えます」

わだち
車《くるま》の通《とお》ったあと、道《みち》に残《のこ》る輪《わ》のあとのこと。また、車《くるま》の輪《わ》をさすこともある。

かれは、木ぎのあいだにちらつく明かりを指さしながら、つぶやいた。

「そしてこちらが、いまからふみこもうという別荘《べっそう》です」

かれがそういっているうちに、わたしたちは小道をまがった。するとその建物が、すぐ目の前にあらわれた。まっ暗な前庭を横切り、黄色い一条《じょう》の明かりがもれていることから、ドアが少し開いていることがわかった。二階の窓《まど》にひとつ、あかあかと明かりがついていた。見上げると、ブラインドごしに黒いかげが動いているのが見えた。

「あいつがいる！」

グラント・マンロウ氏がさけんだ。

「ほら、だれかがいるのを、あなたがたもごらんになったでしょう。さあ、あとにつづいてください。これでもう、なにもかもがわかります」

わたしたちは玄関《げんかん》に近づいた。と、とつぜん、暗闇《くらやみ》の中からひとりの女性《じょせい》があらわれて、ランプの光のかがやきの中に立った。その顔は、やみにとざされて見えなかったが、哀願《あいがん》するように両手を前に出していた。

「どうぞお願い、やめて、ジャック」

と、かのじょはさけんだ。

「今夜はおいでになるという予感がありました。ねえ、あなた、思いとどまってください！　もう一度だけ、わたくしを信じてください。けっして後悔《こうかい》なさるようなことにはいたしません」

「もうぼくは、きみを信じることはできない、エフィ」

かれは、きびしい調子でさけんだ。

「さあ、放すのだ！　ぜったいに中に入る。この友人たちとぼくは、この問題にきっぱりとけりをつけるのだ！」

かれは妻《つま》をふりはらい、わたしたちもかれにつづいた。かれが玄関《げんかん》のドアを開けると、年寄《としよ》りの女が出てきて、かれの行く手をさえぎろうとしたが、かれにおしのけられた。次のしゅんかんに、わたしたちは階段《かいだん》をかけあがった。グラント・マンロウ氏は、明かりのついた部屋へとびこみ、わたしたちもすぐあとにつづいた。

そこは気持ちがよく、上等な調度品がそなわった部屋で、テーブルの上には、ろうそくが二本立てられ、マントルピースの上にも二本、ろうそく立てがあった。

部屋の片《かた》すみに、机《つくえ》に向かってうずくまっている少女のような小さな姿《すがた》があった。わたしたちが入ったとき、かのじょは顔をそむけてはいたが、赤いドレスに身をつつみ、長い白の手袋《てぶくろ》をはめているのが見えた。少女がこちらをふりかえったとき、わたしはおどろきのあまり、思わず恐怖《きょうふ》のさけび声をあげてしまった。

こちらに向けた顔はなんともいえずきみょうで、土色で、まったく表情《ひょうじょう》がなかった。

しかし、次のしゅんかんにはなぞは解決《かいけつ》した。笑いながら、ホームズが子どもの耳の後ろに手をかけると、顔からぱらりとお面がはがれ落ちた。そしてあらわれたのは、真っ黒な皮ふの少女の顔だった。

かのじょは、わたしたちがおどろいているようすを、白い歯をむきだして

調度品《ちょうどひん》
身《み》のまわりにおかれ、日常《にちじょう》で使《つか》われる家《か》具《ぐ》や道具《どうぐ》。

マントルピース
壁《かべ》に組《く》みこまれた形《かたち》の暖炉《だんろ》の、たき口《ぐち》をかこむかざりの部分《ぶぶん》のこと。

おかしそうに見つめていた。わたしも少女の楽しげな笑顔につられ、思わず笑いだしてしまった。しかし、グラント・マンロウ氏は右手を自分ののどにあて、じっと見つめたまま立ちつくしていた。

「ああ！　これは、いったいどうしたことだ？」

かれはさけんだ。

「わたくしがいまからご説明もうしあげます」

そのとき、かれの妻《つま》が威厳《いげん》をもった落ちついた顔で、ゆっくりと部屋に入ってくると、さけんだ。

「あなたがむりやりに、わたしがいやでもお話しせねばならないようにしむけたのです。いまとなりましては、おたがいに最善《さいぜん》をつくすしかございません。

わたしの前の夫は、アトランタで亡《な》くなりましたが、わたしの子どもは助かったのです」

「きみの子どもだというのか！」

かのじょは、胸元《むなもと》から大きな銀のロケットをとりだした。

「あなたは、おそらくこれが開いているところをごらんになったことはありませんでしょう」

「開くなどとは、思ったこともなかった」

かのじょがばねをおすと、そこにはひじょうにハンサムで、知的そうな男の肖像写真《しょうぞうしゃしん》が入っていたが、それはアフリカの血をひいているということがまぎれもなくわかる姿《すがた》であった。

「これがアトランタのジョン・ヘブロンでございます」

と、かのじょはいった。

「そして、この世の中にかれよりすばらしい人はおりませんでした。わたくしはかれとの結婚《けっこん》のために、自分の手で、自分が白人であることをかなぐりすてました。かれが生きておりますあいだ、そのことをひとときでも後悔《こうかい》したことはございません。ただ、わたくしのたったひとりの子どもが、わたくしよりも父親の血を引きついで生まれたのは不運でございました。

ロケット　ふたがついていて、写真《しゃしん》などを入《い》れられるようになっている、金《きん》属製《ぞくせい》の首《くび》かざりのこと。

わたくしのような結婚《けっこん》のケースにはよくおこることですが、子どものルーシーの肌《はだ》は、父親よりもさらに黒いのです。しかし、肌《はだ》の色がどうであっても、この子はわたくしのかわいいむすめにかわりはありません。この子はわたくしにとっては宝《たから》なのです」

　このことばを聞き、少女は走っていって、母親の服に顔をすりよせた。

「わたくしがこの子をアメリカにおいてきましたのは、からだが弱く、土地がかわると健康をそこねるのではと考えたからでございます。それで、前にうちではたらいておりました、スコットランド[*12]出身の女で信頼《しんらい》のおける使用人にめんどうをみさせておりました。この子と縁《えん》を切ろうなどと考えたことは、ほんとうにいっしゅんでもございませんでした。

　ところがジャック、あなたにお目にかかり、あなたを愛するようになりますと、子どものことを口に出すのが不安になりました。ああ、どうぞ神様、おゆるしください。わたくしはあなたにすてられるのをおそれて、お話しする勇気がなかったのです。あなたか子どもかの選択《せんたく》をせまられたとき、心の弱いわたくしは、かわいいむすめからはなれてしまったのです。

この三年間というもの、むすめがおりますことを、あなたにかくしつづけてまいりました。そしてとうとう、乳母《うば》からの手紙で、むすめが元気でいることがわかりました。でも、どうしてももう一度むすめに会いたいという気持ちで、いてもたってもいられなくなったのです。わたくしはその気持ちとたたかいましたが、だめでした。そして、危険《きけん》とは知りながら、ほんの二、三週間だけでもむすめを呼《よ》びよせようと決心したのです。

わたくしは乳母《うば》に百ポンドを送金し、この別荘《べっそう》のことをくわしく教え、わたくしとはなんのかかわりもない隣人《りんじん》をよそおってくるようにはからいました。また、そのうえ、用心のために、昼は子どもを屋敷《やしき》の中におくようにし、もし近所の方が窓《まど》からむすめの姿《すがた》を見かけても、近くに黒い肌《はだ》の子がいるというわさをふりまかないようにと、むすめの顔や手をおおいかくしておくことまで命じたのでございます。

このように用心深くしないほうが、むしろ利口だったのかもしれません。

乳母《うば》 母親《ははおや》にかわって、子《こ》どもに乳《ちち》を飲《の》ませ、育《そだ》てる女《おんな》の人《ひと》のこと。

でも、わたくしはあなたに真実を知られはしないかと心配で、気がへんになりそうでございました。

この別荘《べっそう》に人がこしてきたとはじめにお教えくださったのは、あなたでした。わたくしは朝まで待つべきでございましたが、こうふんしてねむることができませんでした。それで、あなたが夜中になかなか目をさまさないことを知っておりましたので、ついにそっとぬけだしてしまったのです。でも、あなたはわたくしが出かけていくのをごらんになっていたので、それがわたくしの苦しみのはじまりとなりました。

次の日、あなたはわたくしがなにかかくしごとをしていることをお知りになりましたが、紳士《しんし》らしく、それ以上の追及《ついきゅう》をさしひかえてくださいました。しかし、三日後に、あなたが別荘《べっそう》の玄関《げんかん》からとびこんでいらしたときには、乳母《うば》と子どもは、あやういところで裏口《うらぐち》からにげだせたのです。そして今夜、あなたはついにすべてをお知りになりました。

さあ、どうぞおっしゃってくださいませ。わたくしたちは――わたくしとむすめは、これからどうすればよろしいのでしょうか？」

かのじょは両手をきつくにぎりしめて、答えを待っていた。

グラント・マンロウ氏が沈黙《ちんもく》をやぶるまでの二分間ほど、長い二分間はなかっただろう。かれの答えは、いま思いかえしてもよろこばしいものであった。かれはその少女をだきあげると、キスをした。そして左手で子どもをだきあげたまま、もう一方の手を妻《つま》にさしだし、ドアのほうに向いた。

「わが家のほうが、もっとゆっくり話しあえるね」

と、かれはいった。

「エフィ、ぼくは完ぺきにりっぱな男性《だんせい》ではないが、きみが思っているよりは、少しはましな人間かもしれないよ」

ホームズとわたしは、かれのあとにしたがって小道を歩きだした。外へ出ると、ホームズはわたしのそでを引きながらいった。

「われわれはノーベリにいるより、ロンドンに帰ったほうがいいようだね」

その後ホームズは、この事件《じけん》についてはなにもかたらなかったが、その夜

おそく、ろうそくに火をともして寝室《しんしつ》に入るときに、こういった。

「ねえ、ワトスン、これから、ぼくが自分の能力《のうりょく》を過信《かしん》しすぎたときや、事件解決《じけんかいけつ》の努力をおこたっているように思えることがあったら、ぼくの耳元で『ノーベリ』とささやいてくれたまえ。そうしてもらえれば、ぼくはきみに大いに恩義《おんぎ》を感じるよ」

ギリシャ語通訳《つうやく》

天才の兄、マイクロフト・ホームズ

わたしは、シャーロック・ホームズと長いあいだ親しくつきあっていた。けれどもその間に、かれが自分の身内や親戚《しんせき》についてかたるのを聞いたことがなかった。また、かれは自身の幼年時代《ようねんじだい》についても、ほとんどかたらなかった。そうしたことを話したがらないことから、かれが少しょう人間味がないのではないかというわたしの印象《いんしょう》は、いっそう強くなった。そしてとうとう、かれがたぐいまれで非凡《ひぼん》な人間で、知能《ちのう》はぬきんでてよいが、人情味《にんじょうみ》のない男だと思いこんでしまっていた。

かれの女性《じょせい》ぎらいと、新しい友人をつくる気がないこととのどちらもが、かれが感情《かんじょう》に動かされにくい性格《せいかく》の持ち主であることをものがたっている。自分の身内のことについてもまったくかたらないのは、そういうかれの性格《せいかく》をよくあらわしていた。

だから、かれは身寄《みよ》りのない孤児《こじ》だったにちがいないと、わたしは信じるようになった。ところが、ひじょうにおどろいたことには、ある日、かれが自分の兄弟のことをわたしに話しはじめたのだ。

ある夏の夕方、お茶のあとで、わたしたちはゴルフクラブのことにはじまり、*13黄道傾斜角《こうどうけいしゃかく》の変化の原因《げんいん》にいたるまで、とりとめなく雑談《ざつだん》をかわしていた。そのうちに話題はめぐりめぐって、隔世遺伝《かくせいいでん》と遺伝的能力《いでんてきのうりょく》についての問題にまで発展《はってん》した。議論《ぎろん》の中心は、個人のとくしゅな能力《のうりょく》はどこまでが遺伝《いでん》によるもので、またどこからが幼児期《ようじき》の訓練によるものか、ということであった。

「きみの場合は、いままでの話からして、あの観察力やとくしゅな推理能力《すいりのうりょく》は、あきらかにきみ自身が規則《きそく》にそって訓練をつみかさねたことによるようだね」

と、わたしはいった。

「ある程度《ていど》はね」

隔世遺伝《かくせいいでん》　先祖《せんぞ》（とくに祖父《そふ》母《ぼ》）にあった遺伝的《いでんてき》な形質《けいしつ》が、しばらく後《あと》の世代《せだい》の子孫《しそん》にあらわれる現象《げんしょう》のこと。

と、かれは考えこみながら答えた。

「ぼくの先祖《せんぞ》は代だい地方の地主だけれど、みなそれぞれがこの階級にふさわしい生活を送っていたようだ。しかしなんといっても、ぼくのとくしゅな能力《のうりょく》は血筋《ちすじ》だろうね。フランスの画家、ヴェルネの妹だった祖母《そぼ》からうけついだものらしい。とかく芸術家の家系《かけい》からは、ひじょうにかわった人間が出やすいものだからね」

「しかし、それが遺伝《いでん》によるものということが、きみにはどうしてわかるのかね？」

「ぼくの兄弟のマイクロフトは、ぼくよりもはるかにたくさん、この才能《さいのう》をうけついでいるからさ」

このことは、わたしにとってまったく初耳であった。このイングランドに、ホームズほどとくしゅな才能《さいのう》をもった男がもうひとりいるというのに、いままで警察《けいさつ》や世の中にそのことが知られていないというのは、なんとしたことだろうか。

ヴェルネ
ここではエミール・オラス・ヴェルネ（一七八九～一八六三年《ねん》）をさす。フランスの画家《が》。ヴェルネ家《け》は芸術《げいじゅつ》家《か》が多《おお》い家系《かけい》だが、その中《なか》でも、もっとも有《ゆう》名《めい》な人物《じんぶつ》である。

ホームズが、兄弟のほうが自分より能力《のうりょく》がすぐれているというのはけんそんではないかと、わたしはさりげなくたずねてみた。ホームズはわたしの疑《ぎ》問《もん》を笑いとばした。

「いいかい、ワトスン、ぼくはけんそんが美徳のひとつなどと考えるやからには賛成《さんせい》できないね。理論家《りろんか》というものは、あらゆることがらをあるがままに正確《せいかく》に見なければならないのだ。だから、自分をへりくだってみせることは、自分の能力《のうりょく》を実際《じっさい》以上に評価するのと同じくらい、真実にそむくことになる。だからぼくが、マイクロフトのほうがぼくよりすぐれた観察能力《かんさつのうりょく》をもっているというときには、それはことばどおりの事実だと思ってくれたまえ」

「弟なのかい？」

「七つ年上の兄だ」

「かれが有名でないのは、どうしてなのかい？」

「いや、かれの仲間のあいだでは、ひじょうによく知られている」

「というと、どういうところで？」

「そう、たとえばディオゲネス・クラブで」

そういうクラブ名を、わたしはいままで聞いたことがなかった。そして、そういう思いがわたしの表情《ひょうじょう》にあらわれたらしく、シャーロック・ホームズは、懐中時計《かいちゅうどけい》を引き出しながらいった。

「ディオゲネス・クラブというのは、ロンドンじゅうでもっとも風変わりなクラブで、マイクロフトも、きわめて風変わりな人間のひとりだよ。かれはつねに、夕方の四時四十五分から七時四十分までこのクラブにいる。いま、六時だ。この気持ちのよい夕方の散歩にきみが出かけてみる気があれば、ぼくはよろこんで、そのきみょうなクラブときみょうな男の両方を紹介《しょうかい》しようではないか」

五分後、わたしたちは外に出ると、リージェント・サーカス[*14]に向かって歩きはじめた。

「マイクロフトにそれほど才能《さいのう》があるのに、なぜ探偵《たんてい》の仕事をやらないのか、きみはふしぎに思っているだろうね。かれにはそれができないのだよ」

クラブ 社交《しゃこう》、娯楽《ごらく》、趣味《しゅみ》などを同《おな》じくする人《ひと》の集《あつ》まりのこと。また、集会《しゅうかい》をする場《ば》。英国《えいこく》にはいろいろなクラブがある。

と、友はいった。

「しかし、きみの話しぶりでは……」

「そう、ぼくはかれの観察力と推理力《すいりりょく》は、ぼくよりすぐれているといっただけさ。もし探偵《たんてい》の仕事が、肘《ひじ》かけいすにすわったまま、推理《すいり》をしているだけでつとまるというのなら、ぼくの兄はこの世にいままで存在《そんざい》したこともないような犯罪捜査官《はんざいそうさかん》になれただろうね。

しかし、かれにはその野心もエネルギーもない。自分で出した解答《かいとう》を実際《じっさい》に証明《しょうめい》しようとすらしないし、自分の解答《かいとう》の正しさを証明《しょうめい》するために手間ひまをかけるよりは、まちがっていると思わせておくほうがましという性格《せいかく》なのだ。

ぼくが兄に事件《じけん》の相談をもちかけ、説明してもらい、それがあとで正解《せいかい》だとわかったことが何回もあるのだ。それなのに兄は、事件《じけん》を裁判《さいばん》にかけたり、*15陪審員《ばいしんいん》に出したりする前に、調査《ちょうさ》しておかなければならない実際的《じっさいてき》な問題をかたづけることなど、まったくできない人間なのだ」

「それでは、探偵《たんてい》を仕事にはしていないのかね？」

「もちろんさ。ぼくにとっては生活のかてだが、兄にとってはもの好きの趣《しゅ》味《み》にすぎない。兄は計算にも、なみはずれた能力《のうりょく》があるので、いくつかの政《せい》府《ふ》の省庁《しょうちょう》の会計検査《かいけいけんさ》の仕事を引きうけている。ペル・メル[*16]に間借りしていて、毎朝、角をまがって、ホワイトホール[*17]まで歩いていき、毎夕その道をもどってくる。年のはじめから終わりまで、このほかにはいっさい運動もしないし、ほかのどこででも、かれを見かけることはない。ただひとつの例外は、自分の部屋のま向かいの、ディオゲネス・クラブで見かけるだけさ」

「聞きおぼえのないクラブだね」

「おそらくそうだろうね。ロンドンには、内気や人間ぎらいのせいで、世の中の人とのつきあいはまっぴらという人間が多いのさ。ところが、かれらもすわり心地のよいいすや新刊《しんかん》の雑誌《ざっし》がきらいというわけではない。ディオゲネス・クラブは、こういう人たちに便利なようにつくられたもので、ロンドンでもっとも社交がきらいで、もっともクラブぎらいな人たちがあつまって

会計検査《かいけいけんさ》
政府《せいふ》のいろいろな機《き》関《かん》が出《だ》した会計《かいけい》の報告《ほうこく》書《しょ》が、正《ただ》しくつくられているか、また、むだな出費《しゅっぴ》がなかったかなどを検査《けんさ》すること。

いる。

　ここの会員は、ほんの少しでも、ほかの会員のことについて関心をよせてはいけない。訪問客用《ほうもんきゃくよう》の部屋以外では話すこともぜったいに禁止《きんし》されていて、それに三回違反《いはん》したことが運営委員会《うんえいいいんかい》にでも見つかれば、話した者は退会《たいかい》させられてしまう。兄はこのクラブの創立者《そうりつしゃ》のひとりだ。そこへはぼくも行ったことがあるけれど、ひじょうに落ちついたふんいきだった」

　話をしているうちに、わたしたちはペル・メルへと出て、この通りをセント・ジェームズ街[*18]のはずれから歩いていった。シャーロック・ホームズは、カールトン・クラブ[*19]からちょっと行ったところの、ある玄関口《げんかんぐち》で立ちどまり、わたしに話をしないようにと注意してから、先に立って中に入っていった。

　ガラスの仕切りごしに広いごうかな部屋が見え、そこにはかなりの数の人たちが、各自それぞれのすみにすわり、新聞などを読んでいた。ホームズは、ペル・メルに面した小さい部屋にわたしをみちびき入れると、わたしを残して出ていき、すぐにひと目見てかれの兄とわかる人物をともない、もどってきた。

マイクロフト・ホームズは、シャーロックよりかなり大柄《おおがら》で、体格《たいかく》もよかった。からだはふとっていたが、大きい顔の中に、弟特有のあのするどい顔つきを思わせるものがあった。きみょうに明るいうす灰色《はいいろ》の目は、もてる力をすべて使いきって捜査《そうさ》をしているときのシャーロックの目の中でしか見たことがない、あの物思いにふけりつつ、遠くを見つめている、内省的な目つきとよくにていた。

「はじめまして。お目にかかれて、光栄です」

マイクロフトは、アザラシのひれ足のように大きく、ひらたい手をさしだしていった。

「あなたがシャーロックの伝記作家となられてからというもの、どこへ行ってもかれのうわさを耳にします。それはそうと、シャーロック、あのマナー・ハウス事件《じけん》のことで、わたしのところへ先週相談にくると思っていたがね。

おまえは少しょうもてあましているかと思っていたのだが……」

「いや、あれは解決《かいけつ》したよ」

と、わたしの友人はほほえんでいった。

「もちろん、アダムスのしわざだったろう」

「そう。アダムスだった」

「それは、はじめからはっきりしていたね」

兄弟は、クラブの張《は》り出《だ》し窓《まど》にならんで腰《こし》をおろした。

「人間の研究をしようとこころざす者にとって、ここはうってつけのところだ」

と、マイクロフトはいった。

「ほら、典型的《てんけいてき》なものがいろいろある。たとえばだ、われわれのほうへやってくる、あのふたりの男をごらん」

「ビリヤードの得点記録係《とくてんきろくがかり》と、もうひとりだね」

「そのとおり。もうひとりのほうは、なんだと思う？」

ビリヤード
布《ぬの》をはった長方形《ちょうほうけい》の台《だい》の上《うえ》で、数個《すうこ》の球《たま》を専用《せんよう》の棒《ぼう》（キュー）でつき、他《ほか》の球《たま》にあてて勝敗《しょうはい》をきそう競技《きょうぎ》。玉《たま》つきともいう。ワトスンも、このゲームが好《す》きだった。

そのふたりづれは、窓《まど》の向かい側で立ちどまっていた。そのうちのひとりがビリヤードに関係があると、わたしにもわかったのは、ただひとつ、チョッキの上にチョークがついているからであった。もうひとりの男はかなり小柄《こがら》で、浅黒い顔をして、帽子《ぼうし》を横向きにかぶり、いくつかのつつみを小わきにかかえていた。

「元軍人のように思えるが」

と、シャーロックがいった。

「ごく最近、除隊《じょたい》になった」

と、兄がつけくわえた。

「インドで勤務《きんむ》していたようだね」

「それも下士官《かしかん》としてだ」

「王立砲兵隊《おうりつほうへいたい》だったらしいね」

と、シャーロックがいった。

「それで、男やもめだ」

下士官《かしかん》
兵隊《へいたい》の位《くらい》。ふつうの兵隊《へいたい》よりは上《うえ》だが、将校《しょうこう》よりは下《した》。

砲兵隊《ほうへいたい》
大砲《たいほう》などで敵《てき》を砲撃《ほうげき》する任務《にんむ》の軍隊《ぐんたい》のこと。

男《おとこ》やもめ
妻《つま》を亡《な》くして再婚《さいこん》しない男性《だんせい》のこと。

「しかし、子どもはひとり」

「いや、ふたり以上だよ。子どもは複数《ふくすう》だ」

「いやいや、それはちょっと話がとびすぎていませんかね」

と、わたしは笑いながらいった。

「いや、たしかなことだ」

と、ホームズは答えた。

「あの男の態度《たいど》とあのいかめしい顔つきからみて、また日焼けした皮ふを見れば、かれが軍人で、しかも一兵卒よりは上級、そしてインドから帰ってまもないことはかんたんにわかる」

「除隊《じょたい》してまもないということは、まだ軍隊用の靴《くつ》をはいていることでわかる」

と、マイクロフトがつけくわえた。

「歩き方から騎兵《きへい》でないことが、帽子《ぼうし》をいつも横にかたむけてかぶっていたことは、かれのひたいの片側《かたがわ》だけが、日焼けがうすくなっていることからわ

騎兵《きへい》 馬《うま》に乗《の》って戦《たたか》う兵士《へいし》のこと。

かる。体格《たいかく》からみて、工兵ではない。となると、どうしても砲兵隊《ほうへいたい》ということになる」

「そして、完全に喪服《もふく》を着用していることから、ごく身近な人間を亡《な》くしたばかりとわかった。自分で買い物をしていることから、亡《な》くしたのは、どうやら細君のようだ。見てのとおり、子どもたちのものを買ってきたところだ。ガラガラがあるから、子どものひとりはまだ乳飲み児《ちのみご》だろう。おそらく細君は、出産のおりに亡《な》くなったのだろうね。それに、絵本もかかえているから、子どもはもうひとりいると考えられる」

ホームズが、兄は自分よりさらにすばらしい才能《さいのう》をもっていると、わたしにかたった意味がわかりはじめてきた。ホームズはわたしのほうに目を向けてほほえんだ。マイクロフトは、べっこう製《せい》の箱の中からかぎタバコをひとつまみだしてかぐと、大判《おおばん》の赤い絹《きぬ》のハンカチで、上着にこぼれた粉をはらいのけた。

「ところで、シャーロック」

工兵《こうへい》
道路《どうろ》や橋《はし》をつくり、陣地《じんち》をきずき、爆破《ばくは》、測量《そくりょう》、通信《つうしん》などの、技《ぎ》術的《じゅってき》な任務《にんむ》につく兵士《へいし》のこと。

細君《さいくん》
妻《つま》のこと。

かぎタバコ
粉《こな》にしたタバコを鼻《はな》のあなにすりつけ、そのかおりを楽《たの》しむタバコのこと。

と、かれはいった。

「おまえにおあつらえ向きの事件《じけん》がぼくのところにもちこまれているのだが、実に奇怪《きかい》な事件《じけん》だ。実際問題《じっさいもんだい》として、ぼくには活動する気力がないので、きわめて不完全な方法でしか追跡《ついせき》しなかったが、それでも、なおかつ、それはなかなか楽しい推理《すいり》を提供《ていきょう》してくれたよ。もしおまえがその事件《じけん》の話を聞きたいようならば……」

「それはありがたい。マイクロフト、ぜひとも聞かせてほしいね」

マイクロフトは、手帳に走り書きをしたものを一枚《まい》引きちぎると、ベルをならし、それを給仕にわたした。

「メラスさんに、こちらへ出向いてくれるよう、たのんだのさ」

と、かれはいった。

「かれはぼくの上の階の住人だ。ちょっとした知りあいなので、なやみごとをもちこんできたというわけだ。たしかギリシャ系《けい》の人で、語学の達人だそうだ。裁判所《さいばんしょ》で通訳《つうやく》をしたり、ノーサンバランド通り付近のホテルにくる、[*20]

金持ちの東洋人のガイドをしたりして生活している。かれのまったくおどろくべき体験を、かれ本人からじかに話してもらおうではないか」

メラス氏のきみょうな体験

二、三分もすると、背《せ》が低く、ふとっていて、オリーブ色の顔に真っ黒な髪《かみ》からして、南国の生まれであることがわかる男がやってきた。しかし、かれの話し方は教養のあるイングランド人そのものであった。かれはシャーロック・ホームズとかたく握手《あくしゅ》をかわした。そして、この探偵《たんてい》が自分の体験を聞きたがっていることがわかると、よろこびに黒い目をかがやかせていた。

「警察《けいさつ》がわたしの話を信じてくれるとは……わたしにはとても思えません」

と、かれは悲しそうな声を出していった。

「こういう話は、いままでに聞いたこともないし、とてもありそうにもないことだからです。しかし、顔にばんそうこうをはられた、あのきのどくな男がどうなったかがわからないかぎり、わたしはどうしても気が落ちつきません」

「しっかりうけたまわります」

と、シャーロック・ホームズはいった。

「今日は水曜日の夕方ですね」

と、メラス氏はいった。

「そう、事件《じけん》がおきたのは、月曜日の夜――ほんの二日前のことです。こちらにおられる方からすでにお聞きおよびでしょうが、わたしは通訳《つうやく》をしております。あらゆる言語、いえ、ほとんどすべてのことばを通訳《つうやく》しますが、ギリシャ生まれで、ギリシャ語の名前がついていますから、ギリシャ語関係の仕事が主となっています。そして、もう何年も前から、ロンドンでは一番のギリシャ語通訳《つうやく》といわれるようになり、わたしの名はどこのホテルでも有名になっています。

こういう仕事がら、なにかやっかいなことになってしまった外国人や、夜おそくに到着《とうちゃく》して仕事を依頼《いらい》する旅行者もあり、とっぴな時刻《じこく》に呼《よ》びだされることは、けっしてめずらしいことではありません。ですから、月曜日の夜に、ラティマー氏と名のる、最近はやりの服装《ふくそう》をした若《わか》い男がわたしの部屋に来て、表に辻馬車《つじばしゃ》[*21]を待たせてあるので、いっしょにきてほしいといわれたときも、格別《かくべつ》におどろいたりはいたしませんでした。

ギリシャの友人が商用で会いにきたが、ギリシャ語しか話せないので、どうしても通訳《つうやく》が必要だと、その男はいいました。かれの屋敷《やしき》は、ケンジントンにあるということでした。ひじょうにいそいでいるようすで通りへ出ると、かれはわたしをせきたてるように辻馬車《つじばしゃ》におしこみました。

いま、辻馬車《つじばしゃ》ともうしましたが、わたしは乗るとすぐに、これは辻馬車《つじばしゃ》ではないのではと疑《うたが》いはじめました。ともうしますのは、たしかに、ロンドン

ケンジントン
ケンジントン公園《こうえん》の西南《せいなん》にある住宅地《じゅうたくち》。ワトスンは一八八六年《ねん》に結婚《けっこん》し、ここで医院《いいん》を開業《かいぎょう》した。

の恥《はじ》ともいえるようなふつうの四輪の辻馬車《つじばしゃ》より、ずっとゆったりしていましたし、内装《ないそう》も、すりきれてはいるものの、上等でした。ラティマー氏はわたしと向かいあってすわり、馬車はチャリング・クロス[22]を走りぬけると、シャフツベリ通り[23]を行きました。それからオックスフォード街[24]へ出ましたので、これはケンジントンへ行くにはまわり道ではないのかと、思いきって話しかけますと、ラティマー氏はびっくりするような行動で、わたしのことばをさえぎったのです。

　かれはポケットから、見るからにぶっそうな感じのする、鉛入《なまりい》りのこん棒《ぼう》をとりだし、その重さや強さをためしているようなそぶりで、前後に数回ふりまわしました。そして、次にひとことも口をきかず、そのこん棒《ぼう》を、かれの近くの座席《ざせき》の上におくのです。そしてその次に、かれは両わきの窓《まど》を閉《し》めました。さらにおどろいたことには、その窓《まど》ガラスには紙がはりつけてあり、外が見えないようになっていたのです。

『メラスさん、外を見えなくしてしまい、すみませんね』

と、かれはいいました。

『といいますのも、これからわれわれが行く先を、あなたに知られたくないものですから。道をおぼえられて、あとでまたおいでになったりされると、こちらもいささかめいわくでしてね』

さっしていただけるとは思いますが、こういわれますと、わたしはすっかりおどろいてしまいました。相手は力も強そうで、がんじょうな体格《たいかく》の若者《わかもの》です。こん棒《ぼう》があってもなくても、格闘《かくとう》にでもなればとても勝てるはずがありません。

『ラティマーさん、ひどいあつかいです』

と、わたしは、口ごもりながらいいました。

『自分のなさっていることが、法にふれるような行為《こうい》だということは、もちろん、ご承知《しょうち》の上でしょうね』

『おっしゃるとおり、少しょう勝手ではありますが……』

と、かれはいいました。

『うめあわせはさせていただきます。しかし、メラスさん、あらかじめいっておきますが、今夜いつにしても、大声で助けを呼《よ》んだり、わたしの不利益《ふりえき》になるようなことをしたりなされば、ただではおきません。あなたがいまどこにいるかは、だれも知りません。あなたがこの馬車の中にいても、わたしの屋敷《やしき》にいても、わたしの思いのままだということを、おわすれになりませんように』

ことばこそおだやかではありましたが、とげのある、いやないいようでした。わたしはすわったままだまりこみ、こういうとっぴょうしもない方法で、わたしを誘拐《ゆうかい》する目的はなんなのだろうかと考えていました。しかし、なんの目的にしても、はっきりしているのは、どのような抵抗《ていこう》もむだだということと、これから先どうなるのかは、ひたすら待つほかはないということでした。

二時間近くのあいだ、どこへ行くのかわけもわからぬまま、馬車はひたすら走りつづけました。ときおり車輪がガタガタと音を立てるので、敷石《しきいし》の上を走っていることがわかりました。また、ときにはなめらかでしずかな走り方なので、アスファルトで舗装《ほそう》された道を走っているとわかりました。

しかし、こうした音の変化以外に、馬車がどこを走っているのかはまったく見当がつきませんでした。両側の窓《まど》にはってある紙は光を通さないし、前面のガラス仕切りにも、青いカーテンが引いてあるのです。

わたしたちがペル・メルを出たのは、七時十五分すぎでした。馬車がようやくとまったとき、わたしの時計は九時十分前をさしていました。同乗の男が窓《まど》を開けたので、上部に明かりがついている低いアーチ型《がた》の戸口が、ちらりとわたしに見てとれました。いそがされながら馬車をおりると、その戸がさっと開き、わたしは家の中に入りました。

ただ、屋敷《やしき》の中に入るときに、両側に芝生《しばふ》と木立があったように、うっすらと感じられたことをおぼえています。しかし、それがその家の庭なのか、それともそのあたりの野原だったのかは、はっきりいたしません。

屋敷《やしき》の中には色つきガラスのガス灯がともっていましたが、炎《ほのお》を小さくしぼってありましたので、玄関《げんかん》のホールがかなり広いことと、絵があちこちにかかっていたことのほかは、ほとんどなにもわかりませんでした。

それでも、そのうす暗い明かりの中でドアを開けたのが、背《せ》が低く、下品な感じのする、猫背《ねこぜ》の中年男だということが見てとれました。そして、男がこちらをふりむいたときに、きらりと光りましたから、眼鏡《めがね》をかけていることもわかりました。

『こちらがメラスさんかい、ハロルド?』

と、その男はいいました。

『そうです』

『よし、うまくやった、うまくやった。悪く思わないでください、メラスさん。なにしろ、あなたにおいで願わなくては、どうにもならないのでね。こちらのいうとおりにさえやってくだされば、悪いようにはしません。しかし、もしごまかすようなことをしようものなら、どうなるかわかっているでしょうな』

男は、神経質《しんけいしつ》にきれぎれの口調で話し、ときおりクスクス笑いをあいだにはさみましたが、なぜかもうひとりの男よりも、いっそうおそろしく感じられました。

『いったい、わたしになにをおのぞみですか？』

と、わたしはたずねました。

『いまわたしをたずねてやってきている、ギリシャ人の紳士《しんし》に二、三の質問《しつもん》をして、その答えをわれわれに教えてくれさえすればいい。しかし、こっちがいえと指示《しじ》したこと以外は話してもらってはこまる。さもないと――』

男はここでまた、神経質《しんけいしつ》なクスクス笑いをさしはさみました。

『この世に生まれてこなかったほうが、ましということになります』

こういいながら、男はドアを開けると、ひじょうにぜいたくな調度品がそなわった部屋へと案内しました。けれども、ここも照明の炎《ほのお》を小さくしぼったランプがひとつあるだけでした。

部屋はかなり大きく、じゅうたんの上を歩いたときの足のしずみぐあいでも、そのごうかさがよくわかりました。また、ビロードをはったいすや、高い白大理石のマントルピース、そしてその片側《かたがわ》に、日本のよろいと、かぶとらしいものが一組おかれているのが目に入りました。

ランプの真下にはいすがひとつ。その中年の男は、わたしにすわるように身ぶりでしめしました。若《わか》い男のほうはどこかへ行っていましたが、とつぜん、べつのドアから、ゆったりとしたガウンのようなものをはおった紳士《しんし》をつれてもどってきました。

紳士《しんし》は、ゆっくりとわたしたちのほうへ近づいてきました。うす暗い光の輪の中で、その姿《すがた》がはっきり見えるようになったとき、わたしはその姿《すがた》におどろいて、ぞっとしました。その男は死人のように真っ青な顔で、ひどくやせおとろえ、ぎょろぎょろの目だけがとびだしている、まるで体力より気力で生きている人間のようでした。

しかし、からだがひどく衰弱《すいじゃく》しているようす以上にわたしをおどろかせたのは、かれの顔にはばんそうこうがグロテスクなまでにべたべたとはられ、

口の上にも大きなものが一枚《まい》べったりはりつけられていることでした。

『ハロルド、石盤《せきばん》はもってきたか？』

このきみょうな人物が、すわるというよりはむしろたおれるといったほうがよいようすでこしかけると、中年の男がさけびました。

『手はゆるめてやったか？　それなら、石筆をわたしてやれ。メラスさん、あなたは質問《しつもん》をしてください。かれが答えを書きますから。はじめに書類《しょるい》にサインする気があるかどうかを聞いてもらいたい』

その男の目は、火のように燃《も》えあがりました。

『いやだ！』

と、かれは石盤《せきばん》にギリシャ語で書きしるしました。

『どうしてもか？』

わたしは、暴君《ぼうくん》の命令どおりにたずねました。

『わたしが知っている、ギリシャ人聖職者《せいしょくしゃ》による結婚式《けっこんしき》を、かのじょがわたしの目の前であげるのが条件《じょうけん》だ』

石盤《せきばん》
粘板岩《ねんばんがん》をうすく切《き》り、板《いた》にはりつけたもの。この上《うえ》に石筆《せきひつ》で文《も》字《じ》や絵《え》を書《か》いた。ノートなどの紙《かみ》が、まだ普《ふ》及《きゅう》していなかった時代《じだい》には、よくもちいられた。発展途上国《はってんとじょうこく》の一部《いちぶ》の学校《がっこう》では、子《こ》どもたちは石盤《せきばん》を使《つか》って勉強《べんきょう》している。

石筆《せきひつ》
昔《むかし》の筆記具《ひっきぐ》で、黒《くろ》い石盤《せきばん》に鉛筆状《えんぴつじょう》に加工《かこう》したろう石《いし》をこすりつけることで白《しろ》い線《せん》をかくことができる。

中年男は、にくにくしげな調子でクスクスと笑いました。

『それでは、自分がどうなるかわかっているのだろうな?』

『わたし自身は、どうなろうともかまわない』

こういうふうに、口で質問《しつもん》しては、文字で答えを書くという、きみょうな会話が行われました。わたしは何回もくりかえし、あきらめて書類《しょるい》にサインをする気はないかと質問《しつもん》しなければなりませんでした。そして、そのつど、いかりにみちた同じ答えが返ってきました。

しかしそのうちに、わたしはうまいことを思いついたのです。ひとつの質《しつ》問《もん》をするごとに、わたし自身の短いもんくもつけくわえるのです。はじめのうちは、あたりさわりのないことばをはさみ、そばのふたりが気づくかどうか、ためしてみました。

ところがふたりは、なんの反応《はんのう》もしめしませんでしたので、わたしはさらに危険《きけん》なことをはじめました。わたしとギリシャ人は、こういうぐあいに会話をつづけました。

『そういう強情《ごうじょう》をはっていても、なんのためにもならないぞ。〈あなたはだれですか?〉』

『かまわない〈ロンドンに、はじめてきたものです〉』

『おまえがどうなるかは、おまえの返答しだいだ〈いつからここに?〉』

『ほっといてもらおう〈三週間前から〉』

『財産《ざいさん》はおまえのものにならないぞ〈なにかおこまりですか?〉』

『悪党《あくとう》たちにはわたせない〈わたしを餓死《がし》させるつもりです〉』

『サインさえすれば自由の身にしてやろう〈この家はいったいなんですか?〉』

『サインはぜったいにしない〈わかりません〉』

『そんなことをしてもかのじょのためにもならないぞ〈あなたのお名前は?〉』

『かのじょがそういうことをいうはずがない〈クラティディス〉』

『サインをすればかのじょにも会わせてやろう〈どこからきたのですか?〉』

『それでは、ぜったいにかのじょには会わないことにしよう〈アテネ〉』[*25]

ホームズさん、あと五分もあれば、わたしはかれらのついその鼻先で、この事件《じけん》をすべて聞きだしていたのですが。ほんとうに、あと一問で、事件《じけん》の真相はわかったかもしれないのに。

ところが、ちょうどそのときドアが開き、ひとりの女性《じょせい》が部屋に入ってきました。かのじょをはっきり見ることはできませんでしたが、黒い髪《かみ》をした背《せ》の高い上品な人で、ゆったりした白いガウンらしきものをはおっていることがわかりました。

『ハロルド』

と、かのじょはたどたどしい英語でいいはじめました。

『ワタシ、コレイジョウウイラレナイワ。アソコハトテモ、サミシイカラ。……まあ、あなたはポールじゃないこと！』

この最後のことばはギリシャ語でした。

それを聞くと男は、からだじゅうの力をふりしぼってばんそうこうを口か

らはがし、

『ソフィ！　ソフィ！』

とさけびながら、女の腕《うで》にしがみつきました。

しかし、ふたりがだきあっていられたのは、ほんのひとときでした。たちまち、若《わか》い男のほうが女をつかまえて部屋の外へおしだし、中年の男は、やせて弱りきっている犠牲者《ぎせいしゃ》をいともかんたんにおさえつけると、べつの戸口から引きずりだしてしまったのです。

しばらくのあいだ、わたしは部屋にひとりおきざりにされました。いま、自分がいるのはどういう屋敷《やしき》か、手がかりをなにかつかもうと思いつき、わたしはぱっと立ちあがりました。しかし、なにもしないでよかったです。ふと顔をあげると、あの中年のほうの男が戸口に立って、わたしをじっと見つめていたのです。

『もうけっこうです、メラスさん』

と、かれはいいました。

『ご承知《しょうち》のように、あなたには、われわれのきわめて内うちの秘密《ひみつ》をうちあけたというわけです。

本来なら、あなたの手をわずらわすこともなかったのですが、われわれの友人で、この交渉《こうしょう》をはじめたギリシャ語を話せる男が、急に東部へもどらなければならなくなったものですから、どうしてもかわりの人間を見つける必要にせまられたわけです。さいわい、あなたのすばらしい評判《ひょうばん》を聞いていましたのでね』

わたしは頭を下げておじぎをしました。

『ここに五ソブリンあります』

と、かれはわたしの前へ近づいてきて、いいました。

『料金はこれで十分だと思います。しかし、これはけっしてわすれないでもらいたい』

かれはわたしの胸《むね》を軽くたたき、クスクス笑いながらつけくわえました。

『もし、このことをほかの人にいったら、いいかな、もしただのひとりにで

ソブリン
ポンドと同《おな》じ価値《かち》のある金貨《きんか》。五ソブリンは約《やく》十二万円《えん》。

もいえば、きみがどういうことになるかは、保証《ほしょう》しないぞ！』」

暗闇《くらやみ》の中におきざりにされる

「このつまらない風体の男がわたしにあたえた嫌悪《けんお》と恐怖《きょうふ》の念は、なんともいえないものでした。かれはランプの明かりを直接《ちょくせつ》あびていたので、姿《すがた》は前よりはっきり見えました。顔はやつれていて血色が悪く、小さくとがったあごひげはぼさぼさで、手入れもしていないようです。

しゃべりながら顔を前につきだし、唇《くちびる》とまぶたは聖《せい》ヴィトゥス舞踏病患《ぶとうびょうかん》者《じゃ》のようにたえまなくぴくぴく動いてました。ときおり、あのきみょうなクスクス笑いをするのも、あるしゅの神経《しんけい》の病気ではないかと思わずにはいられませんでした。

聖《せい》ヴィトゥス舞踏病患《ぶとうびょうかん》者《じゃ》 不規則《ふきそく》な筋肉《きんにく》のけいれんをおこす病気《びょうき》をわずらっている人《ひと》。中世《ちゅうせい》に聖《せい》ヴィトゥスに祈《いの》ると治癒《ちゆ》するといわれたことからこの名《な》がついた（諸説《しょせつ》あり）。

しかし、なんといっても、かれの顔のおそろしいのは目でした。その奥《おく》に、敵意《てきい》のある情け《なさけ》無用《むよう》の残忍《ざんにん》さをたたえ、冷たく光る鉄のような灰色《はいいろ》の目でした。

『あなたがこのことをだれかに話せば、すぐにわかります』

と、かれはいいました。

『われわれには独自《どくじ》の情報手段《じょうほうしゅだん》があるのです。さあ、外で馬車が待っています。仲間にあなたをお送りさせましょう』

せかされながら玄関《げんかん》ホールを通りぬけると、ふたたび木立や庭をちらっと見て、馬車に乗りました。ラティマー氏がすぐに乗ってきて、無言で向かい側の席にすわりました。わたしたちはふたたび、なんのことばもかわさず、窓《まど》を閉め《し》たままの馬車で、はてしなく思えるほどの道のりを走りつづけましたが、ちょうど夜中の十二時をまわったころ、馬車はやっととまりました。

『ここでおりていただきましょう、メラスさん』

と、男はいいました。

『あなたのお宅《たく》から、ずいぶん遠いところでおおろしするのはもうしわけないのですが、いたしかたありません。馬車のあとをつけようなどとなさっても、あなたがひどい目にあうだけです』

かれはこういうと、扉《とびら》を開けました。わたしが馬車からとびだすやいなや、御者《ぎょしゃ》は馬にむちをいれ、馬車は走りさってしまいました。わたしはおどろいて、あたりを見まわしました。

そこはヒースがしげった公有地のような場所で、ハリエニシダのやぶが黒く点てんと見えました。はるか遠くには家並《いえな》みがあり、ところどころの階上の窓《まど》には明かりがともっておりました。また反対の方角には、鉄道用の赤い信号が見えました。

わたしを運んできた馬車の姿《すがた》は、すっかり見えなくなっていました。あたりをよく見まわし、ここはどこなのだろうかと考えていますと、暗闇《くらやみ》の中に、だれかが近づいてくるのが見えました。近くまでくると、かれは、鉄道の赤帽《あかぼう》でした。

ヒース
ツツジ科《か》のたけの低《ひく》い植物《しょくぶつ》で、荒《あ》れ地《ち》に群生《ぐんせい》する。また、ヒースなどのはえた、荒《あ》れ地《ち》をさすこともある。エリカともいう。

ハリエニシダ
荒《あ》れ地《ち》にはえる、たけの低《ひく》い植物《しょくぶつ》。五月《ごがつ》ころ、よいかおりのする黄色《きいろ》い花《はな》がさく。

赤帽《あかぼう》
おもな旅客駅《りょかくえき》で、乗客《じょうきゃく》の荷物《にもつ》を運《はこ》ぶ仕事《しごと》をする人《ひと》のこと。ポーター。赤《あか》い帽子《ぼうし》をかぶっていることから、こう呼《よ》ばれた。

『ここはどこでしょうか?』

と、わたしはたずねました。

『ワンズワース公有地です』

と、かれはいいました。

『ロンドン行きの列車に乗れるでしょうか?』

『一キロ半ほど歩くと、クラパム・ジャンクション駅ですから、ヴィクトリア駅行きの最終にまにあうでしょう』[*26]

ホームズさん、これでわたしの冒険《ぼうけん》は終わりです。自分がどこまで行ったのか、また、だれと話をしたのかは、いまお話しした以外のことはまったくわかりません。しかし、悪事が行われていることだけはたしかです。

わたしは、あのきのどくな男を、できることなら助けてあげたいのです。次の朝、マイクロフト・ホームズさんにすべてをお話ししましたし、警察《けいさつ》にも話しておきました」

この奇怪《きかい》な話を聞きおわり、しばらくのあいだ、みんな沈黙《ちんもく》をつづけた。

ワンズワース公有地《こうゆうち》
ロンドンの南西部《なんせいぶ》にある広大《こうだい》な公園《こうえん》。

クラパム・ジャンクション駅《えき》
南《みなみ》ロンドンの重要《じゅうよう》な鉄道駅《てつどうえき》。ヴィクトリア駅《えき》とウォータールー駅《えき》への列車《れっしゃ》が通過《つうか》し、乗《の》りかえる人《ひと》が多《おお》い駅《えき》。

しばらくして、シャーロックが兄のほうを見てたずねた。

「手はうった？」

と、かれはいった。

マイクロフトは、サイドテーブルの上の『デ[*27]イリー・ニューズ』をとりあげた。

「『アテネからきた、英語を話せない、ポール・クラティディスと名のるギリシャ人紳士《しんし》の居所《いどころ》についての情報《じょうほう》を提供《ていきょう》された方には、謝礼進呈《しゃれいしんてい》。また、名がソフィというギリシャ女性《じょせい》についての情報《じょうほう》の提供者《ていきょうしゃ》にも、同様に謝礼進呈《しゃれいしんてい》。X二四七三』——これをすべての日刊紙《にっかんし》に出したが、反応《はんのう》はない」

「ギリシャ公使館のほうは？」

「あたってはみた。しかし、知らないようだ」

「アテネ警察署長《けいさつしょちょう》へ電報《でんぽう》は？」

「わが家系《かけい》の活動力は、みんなシャーロックがもらってしまったのだ」

と、マイクロフトは、わたしのほうに向かっていった。

サイドテーブル 壁《かべ》ぎわにつけて使《つか》うテーブルのこと。

「それでは、どうしてもこの事件《じけん》を引きうけてもらおう。そして、なにかよい結論《けつろん》が出たら、知らせておくれ」

「もちろんです」

と、ホームズは、いすから立ちあがりながら答えた。

「メラスさんにもお知らせいたしましょう。ところでメラスさん、わたしがもしあなたの立場でしたら、身辺をぜったいに警戒《けいかい》しますね。この広告《こうこく》を見れば、あなたが裏切《うらぎ》ったことをかれらが知るのは、まちがいありません」

ギリシャむすめの財産《ざいさん》をねらった犯罪《はんざい》

ふたりで歩いて家路につくとちゅう、ホームズは電報局《でんぽうきょく》に立ちより、数本の電報《でんぽう》をうった。

「ねえ、ワトスン」

と、かれはいった。

「われわれの夕方の散歩も、けっしてむだではなかったようだ。ぼくの手がけた事件《じけん》のうち、もっともおもしろいもののいくつかは、こういうふうに兄のマイクロフトからもちこまれた事件《じけん》なのさ。いま聞いた事件《じけん》も、説明はたったひとつしかつかないけれども、それでいてかなり特色のあるものではないかな」

「解決《かいけつ》の見通しが立っているのだね」

「そう、これだけ事実がわかっているのだから、残りがつきとめられないとしたら、それこそまったくおかしな話さ。きみも、いま聞いたいろいろな事実にもとづいて、なんらかの説明を考えているのだろう」

「まあ、漠然《ばくぜん》とだけれどね」

「とすると、きみの考えはどういうものかな」

「そのギリシャむすめは、ハロルド・ラティマーと名のる若《わか》いイングランド人に誘拐《ゆうかい》されてきたことは、はっきりしているように思えるね」

「どこから誘拐《ゆうかい》されてきたのだろうか?」

「おそらく、アテネからだろうね」

シャーロック・ホームズは、首を横にふった。

「その若《わか》い男はギリシャ語をひとこともしゃべれないのに、そのむすめは英語がかなり話せる。ということは、かのじょはかなり前からイングランドにいるが、男はギリシャには行ったことがない、という推理《すいり》ができる」

「なるほどね。では、かのじょはイングランドをたずねていて、ハロルドがかけおちしようとくどいた、というのはどうだろうか」

「そのほうが納得《なっとく》がいくね」

「そして、そこへかのじょの兄が――ぼくは兄にちがいないと思うよ――ギリシャからやってきて、ふたりのあいだのじゃまをした。ところが、かれはうかつなことに、その青年と年上の相棒《あいぼう》につかまってしまった。ふたりは兄をつかまえ、暴力《ぼうりょく》でなんらかの書類《しょるい》にサインさせようとする。たぶんむすめの財産《ざいさん》、おそらく兄が管理責任者《かんりせきにんしゃ》になっているのだろうね。その財産《ざいさん》をふたりにゆずるといった内容《ないよう》の書類《しょるい》だろう。

ところが兄は、サインすることをことわる。そこでかれらは、話の決着をつけるために通訳《つうやく》を必要とし、だれかほかの人間をしばらく使ったあとで、メラス氏にたのんだのだ。むすめには兄がきていることは知らされていなかったが、まったくぐうぜんにそのことを知ったというわけさ」

「すばらしいよ、ワトスン！」

と、ホームズはさけんだ。

「真相はおそらく、そういうことだろう。とにかく、こちらには切り札が全部そろっている。問題は、やつらが急に暴力《ぼうりょく》にうったえないかということで、それが心配だ。もし時間さえあれば、かれらをつかまえなくてはならない」

「けれども、その屋敷《やしき》の場所はどうやってつきとめるのかい？」

「まあ、ぼくたちの推理《すいり》が正しいとすれば、その女性《じょせい》の名前は、いまの名か、旧姓《きゅうせい》がソフィ・クラティディスだから、かのじょの足どりをたどるのはそうむずかしいことではない。こちらのほうはもっとも期待ができる。けれど兄のほうは、いうまでもないことだが、ロンドンへやってきたばかりのおのぼりさんだからね。

ハロルドという男が、そのむすめとそういう関係になってからかなりの時間、おそらく、少なくとも何週間かはたっているはずだ。ギリシャに住む兄がこのことを耳にして、ここまで出かけてくるだけの時間があったのだからね。このあいだ、もしかれらがひとつのところでくらしていたとすれば、マイクロフトの出した広告《こうこく》に、なにか答えが返ってくるはずさ」

話しあっているうちに、われわれはベイカー街の家に着いた。ホームズが先に立ち、階段《かいだん》をのぼっていった。そして部屋のドアを開けると、おどろいて立ちどまった。かれの肩《かた》ごしにのぞきこんだわたしも同様におどろいた。なんと、ホームズの兄マイクロフトが肘《ひじ》かけいすにすわり、タバコをふかしているのだった。

「おかえり、シャーロック！　さあ、どうぞ」

かれはわたしたちのおどろいた顔を見て、笑いながらおだやかにいった。

「わたしにこういう行動力があったとは思えないだろうね、シャーロック？　どういうわけだか、わたしにはこの事件《じけん》が気になってね」

「どうやってここまできたのですか？」

「馬車できみたちをおいこしたのさ」

「なにか新しい進展《しんてん》があったのですね？」

「わたしの広告《こうこく》に、反応《はんのう》があった」

「おお！」

「そう、きみたちが帰った二、三分後だったね」

「それで、どうでした？」

マイクロフト・ホームズは、一枚《まい》の紙をとりだした。

「これだ」

と、かれはいった。

「大型《おおがた》のクリーム色の紙に、からだの弱そうな中年男がＪ《ジェイ》ペンで書いたものさ。『拝啓《はいけい》。本日付の新聞広告《しんぶんこうこく》を拝見《はいけん》しました。その若《わか》い女性《じょせい》について、よく知っていますので、お知らせするしだいです。こちらまでおいでいただければ、かのじょのいたましい経歴《けいれき》につきまして、くわしくお話しいたします。かのじょはいま、ベクナムのマートルズ屋敷《やしき》に住んでいます。敬具。Ｊ《ジェイ》・ダヴェンポート』――ロウアー・ブリクストンから投函《とうかん》している」

と、マイクロフト・ホームズはいった。

「シャーロック、いまからこの男のところへ馬車をとばして、くわしい話を聞いたらよいのではないのかな？」

「いえ、マイクロフト兄さん、むすめの身の上話より、兄の命のほうがかんじんです。さっそく*28スコットランド・ヤードのグレグスン警部《けいぶ》をたずね、ベクナムへ直行したほうがよさそうだ。ひとりの男が死に直面しているのだから。もうひとときの猶予《ゆうよ》もできない」

「とちゅうでよって、メラスさんをつれていったほうがいいだろう。通訳《つうやく》が

Ｊ《ジェイ》ペン
Ｊ《ジェイ》字印《じいん》のはばの広《ひろ》いペン先《さき》のこと。

ベクナム
ロンドンの郊外《こうがい》、南《なん》東部《とうぶ》にあり、ロンドン・ベクナム間《かん》をむすぶ、ベクナム・ジャンクション駅《えき》がある。

ロウアー・ブリクストン
ブリクストンは、ロンドン南部《なんぶ》の地名《ちめい》。《青《あお》いガーネット》（本《ほん》シリーズに収録《しゅうろく》）の犯《はん》人《にん》ライダーの姉《あね》は、ブリクストン通《どお》りに住《す》んでいた。

必要になるかもしれない」

と、わたしがいった。

「すばらしい！」

と、シャーロック・ホームズはいった。

「給仕に四輪馬車を呼《よ》ばせよう。そして、われわれはすぐに出発だ」

かれはそういうと、テーブルの引き出しから、連発ピストルを出してポケットにしのびこませた。

「そう」

と、わたしの視線に気づいてホームズはいった。

「話のようすからして、相手はおそらく、かなり危険《きけん》な連中のようだからね」

ペル・メルのメラス氏の部屋に着くころには、あたりはすでに暗くなりかけていた。かれはたったいま、ひとりの紳士《しんし》がむかえにきて、いっしょに出かけたところだった。

「どこへ行ったか、おわかりですか？」

と、マイクロフト・ホームズはたずねた。

「わかりませんね」

と、ドアを開けてくれた女性《じょせい》が答えた。

「その紳士《しんし》といっしょに、馬車で行ったことしかわかりません」

「その紳士《しんし》は、名前を名のっていましたか？」

「いいえ」

「では、かれは背《せ》が高くて、ハンサムで、色の黒い若《わか》い男だった？」

「いえ、いえ、そうではなく、眼鏡《めがね》をかけていて、やせ顔でした。でも、とても陽気な方で、話をしているあいだ、笑いどおしでした」

「出かけよう！」

と、シャーロック・ホームズがさけんだ。

「これはたいへんなことになりそうだ」

スコットランド・ヤードへ向かう道みち、かれはいった。

「連中は、ふたたびメラス氏をつかまえた。この前の夜の経験《けいけん》で、メラス氏がおくびょうな男だということは、かれらにはよくわかっている。あの悪党《あくとう》がメラス氏の前に姿《すがた》をあらわしただけで、かれをふるえあがらせるには十分だ。もちろん、また通訳《つうやく》をやらせるつもりだろうが、仕事がすめば、裏切《うらぎ》ったということで、かれに罰《ばつ》をくわえようとするかもしれない」

列車を使えば、馬車と同じか、それより早くベクナムへ着けるだろうと思った。ところが、スコットランド・ヤードへ行き、グレグスン警部《けいぶ》に会い、例の屋敷《やしき》へふみこむための法律上《ほうりつじょう》の手続きに一時間あまりもかかってしまった。

ロンドン・ブリッジ駅[*29]に着いたのは十時十五分前、そしてわれわれ四名がベクナム駅にたどりついたときには、すでに十時半をまわっていた。それから馬車で八百メートルほども行くと、マートルズ屋敷《やしき》に着いた。――大きく暗い家が、庭の道からずっと奥《おく》まったところに建っていた。ここで辻馬車《つじばしゃ》をかえしたわれわれは、玄関《げんかん》に通じる小道を進んだ。

マートルズ屋敷《やしき》はもぬけのから

「すべての窓《まど》はまっ暗だ」

と、警部《けいぶ》がいった。

「人の気配はない」

「われわれの鳥たちはとびさって、巣の中はからか」

と、ホームズがいった。

「それは、どういうことです？」

「ここ一時間のあいだに、荷物をつんで重くなった馬車が通っています」

警部《けいぶ》は笑った。

「門灯の明かりで、道に車輪のあとがあるのはわたしも見ましたがね。しかし、荷物をつんでいるとは、どこからわかるのです？」

「同じ車輪が行ったり来たりしているのを見たでしょう。ところが、外に向かっているあとは、ずっとふかくついています。ということは、馬車にはかなりの重さがかかっていたといえます」

「ちょっと、あなたのおっしゃることは、わたしにはむずかしくなってきましたよ」

と、警部《けいぶ》は肩《かた》をすくめていった。

「このドアを力ずくで開けるのは、思うほどかんたんではなさそうだ。だれかが聞きつけて出てくるかもしれないから、やってみましょうか」

警部《けいぶ》は玄関《げんかん》のノッカーを強くたたき、呼《よ》びりんのひもを引っぱってみたが、なんの答えもなかった。そのあいだに、ホームズはどこかへ行っていたが、すぐもどってきた。

「窓《まど》をひとつ開けてきました」

と、かれはいった。

「あなたが警察《けいさつ》の敵《てき》ではなく、味方だということはありがたいですな、ホームズさん」

ホームズが窓《まど》のかけ金をうまくはずした。手ぎわのよさに感心しながら、警部《けいぶ》がいった。

「ともかく、こういう状況ですから、お入りくださいといわれなくとも、入ってもかまわないですな」

われわれはひとりずつ、大きな部屋の中へと入りこんだ。そこはどうやら、メラス氏がつれこまれた部屋のようであった。警部《けいぶ》が自分のランタンに火を入れると、メラス氏が話したとおり、ふたつのドアと、カーテン、ランプ、そして日本のかぶと一式が見えた。テーブルの上にはコップがふたつと、ブランデーのあきびん、食事の残りがそのままになっている。

「あれはなんだ？」

ホームズは、とつぜんいった。

われわれは立ちどまり、耳をすました。すると頭の上あたりから、低いうめき声が聞こえた。

ホームズはドアへまっしぐらに走ると、ホールへとびだしていった。あの

ランタン
前《まえ》のほうだけをてらすしくみの、手《て》さげランプ。現代《げんだい》の懐中電灯《かいちゅうでんとう》の先《さき》がけ。

気味悪い声は、階上からのものだった。ホームズは階段《かいだん》をかけあがり、わたしも警部《けいぶ》も、かれのすぐあとにしたがった。そしてマイクロフトも、ふとったからだで、せいいっぱいいそいでついてきた。

三階にあがると、ドアがみっつならんでいた。そして中央のドアから、気味悪い声が低いつぶやきになったり、かん高い泣き声になったりしながら聞こえてきた。ドアは錠《じょう》がかかっていたが、鍵《かぎ》は外側からさしこんだままになっていた。ホームズはさっとドアを開けて部屋の中に突進《とっしん》したが、すぐに手でのどをおさえてとびだした。

「木炭だ」

と、かれはさけんだ。

「少し待とう。そうすれば空気がきれいになる」

のぞいてみると、部屋に明かりはなく、中央においてある小さなしんちゅう製《せい》の三脚《さんきゃく》つぼから、くすんだ青い炎《ほのお》が出ているのが見えた。そしてその炎《ほのお》が、床《ゆか》の上に鉛色《なまりいろ》の異様《いよう》な光の輪を投げかけていた。その向こうの暗闇《くらやみ》の中

に、かべによりかかり、うずくまっているふたつの人影《ひとかげ》がうっすらとうきあがって見えた。

開かれたドアからおそろしい毒《どく》ガスが流れだしてきたので、われわれはせきこみ、息をはずませた。ホームズは、階段《かいだん》の一番上まで走っていって、新鮮《しんせん》な空気をすうと、次に部屋にかけこみ、窓《まど》をあけはなって、しんちゅうのつぼを庭へ投げすてた。

「じきに中に入れるようになります」

かれはふたたびとびだしてくると、ハアハアしながらいった。

「ろうそくはどこにありますか？　しかし、あの空気では、マッチもすれないかもしれない。ドアのところで明かりをてらしていて、マイクロフト。われわれはふたりを運び出そう。さあ！」

われわれは中毒《ちゅうどく》をおこしているふたりのところへかけよると、ドアの外へ引きずりだした。ふたりは、唇《くちびる》が紫色《むらさきいろ》になっていて意識《いしき》がはっきりしていなかった。そして顔は充血《じゅうけつ》し、はれて、目がとびだしていた。

ふたりの顔はひどく変形していたので、そのうちのひとりが、黒いあごひげとふとったからだをしていなかったら、わずか二、三時間前にディオゲネス・クラブでわかれたばかりのギリシャ語通訳《つうやく》だということさえわからないほどであった。かれの手足はかたくしばられており、一方の目の上は強くなぐられて、あとが残っていた。

同じようにしばられているもうひとりは、衰弱《すいじゃく》しきった背《せ》の高い男で、ばんそうこうが顔中に何枚《なんまい》も、グロテスクなほどべたべたとはりつけられていた。この男は、床《ゆか》にねかせたとき、すでにうめき声をあげなくなってしまっていた。わたしには、かれをひと目見ただけで、われわれの救援《きゅうえん》が手おくれであったことがわかった。

しかしながら、メラス氏はまだ生きていた。気付け用のアンモニアとブランデーで手当てをすると、一時間もしないうちに、かれは目を開いた。だれもが人生で一度は通るであろう死の淵《ふち》から寸前《すんぜん》のところで、かれをわたしの力で引きもどすことができ、わたしは大いに満足した。

メラス氏はあやうく命びろい

メラス氏がかたったことはまったくかんたんな話で、わたしたちの推理《すいり》が正しかったことを証明《しょうめい》したにすぎなかった。今日の夕方、かれをたずねてきた男は、部屋に入るとすぐ、そでから護身棒《ごしんぼう》を出して、さからえば命はないぞとおどしたうえで、もう一度かれを誘拐《ゆうかい》したのだった。

事実、このクスクスとやたらに笑う悪党《あくとう》が気のどくな通訳《つうやく》にあたえた効果《こうか》は、ほとんど催眠術《さいみんじゅつ》をかけたといってもいいくらいで、かれは悪党《あくとう》のことを話すときには、手がふるえ、ほおも青白くなった。かれはすぐにベクナムにつれてこられて、二回めの交渉《こうしょう》の通訳《つうやく》をさせられた。

この交渉《こうしょう》は、一回めよりいっそう劇的《げきてき》なものとなった。ふたりのイングランド人は、要求におうじないのならすぐに殺《ころ》す、と捕虜《ほりょ》をおどした。ところが、相手がどんなおどしにも屈《くっ》しないと知ると、かれをまた監禁室《かんきんしつ》にもどした。

その後、新聞広告《しんぶんこうこく》を見てメラス氏が裏切《うらぎ》ったことがわかると、メラス氏をとがめ、こん棒でなぐって気絶《きぜつ》させてしまったのだった。メラス氏はそのあとのことはおぼえておらず、次に気がついたときには、われわれが上からのぞきこんでいたのだった。

これが、ギリシャ語通訳《つうやく》に関するきみょうな事件《じけん》である。まだなぞにつつまれていて、説明のつかない部分もいくぶん残っている。

われわれは、新聞広告《しんぶんこうこく》におうじてきた紳士《しんし》とも連絡《れんらく》をとることができた。あの不運な若《わか》い婦人《ふじん》はギリシャの資産家《しさんか》のむすめで、イングランドにいる友人たちをたずねてやってきたのだった。そして、滞在中《たいざいちゅう》にハロルド・ラティマーと名のる青年と知りあった。かれはむすめの心をつかみ、自分とかけおちするように説得《せっとく》した。

かのじょの友人たちはこの事実におどろいたが、アテネにいるかのじょの兄にこのことを知らせただけで、かかわりあいになるのをさけて、手を引いてしまった。そしてその兄は、イングランドに着くとすぐに、うかつにも、ラティマーとその相棒《あいぼう》のウィルスン・ケンプという名の、ひどい悪事をはたらいた前科者の術中《じゅっちゅう》にはまってしまった。

このふたりは、ギリシャ人が英語がわからないことから、自分たちがつかまえておいてもどうすることもできないだろうと、かれを監禁《かんきん》して暴力《ぼうりょく》をくわえた。そのうえ、食べ物もあたえないで、おいつめ、かれと妹の財産《ざいさん》をゆずるという書類《しょるい》に署名《しょめい》させようとした。

ふたりは、むすめには知られないように、兄を家の中にとじこめていた。顔にばんそうこうをはっておいたのは、もし万一、かのじょが兄をちらりと見ても、すぐにはわからないようにするためだった。

しかし、一回めに通訳《つうやく》がきたとき、かのじょははじめて兄を見たのだが、女性独特《じょせいどくとく》のかんのよさで、すぐにこの変装《へんそう》を見やぶってしまった。しかし、気のどくなことには、かのじょ自身もまた、監禁《かんきん》されていたのだった。この家のまわりには、悪党《あくとう》の手先にされていた御者《ぎょしゃ》とその妻《つま》のほかにはだれもいなかった。

ふたりの悪党《あくとう》は、自分たちの秘密《ひみつ》があばかれたことを知り、捕虜《ほりょ》も思いどおりにならないとさとって、調度品つきで借りていた家をほんの二、三時間前に予告《よこく》しただけで、むすめをつれてにげだしたのだった。そして、かれらにとってみれば、自分たちのいうとおりにならなかった男と秘密《ひみつ》をもらした男に、復讐《ふくしゅう》をしてからにげたというわけなのだ。


何か月かたって、われわれのところへ、ブダペスト[*30]からきみょうな新聞の切りぬきが送られてきた。そこには、ひとりの女性《じょせい》をつれて旅行中のふたりのイングランド人が、悲劇的《ひげきてき》な死にあったという記事が出ていた。ふたりとも刺《さ》し殺《ころ》されたようで、ハンガリー警察《けいさつ》では、ふたりがけんかをして、たがいに致命的《ちめいてき》な傷《きず》をおったものとしていた。

しかしながら、わたしが思うには、ホームズはべつの考えのようであった。もし、だれかがあのギリシャのむすめを見つけることができれば、かのじょとかのじょの兄へのざんこくな行為《こうい》に対するうらみが、どのような形ではらされたかわかるはずだ、とホームズはいまでも信じているのだ。

物語の中に出てくることばについて

★（　）内はページ

《黄色い顔》

＊1　コカイン（8）

現在《げんざい》は麻薬《まやく》としてとりしまられているが、ホームズの時代は新しい健康飲料として愛用されていた。コカ・コーラも、発売したては、コカインの原料となるコカの葉をふくんでいたことから、この名がついた。

＊1　コカの花と葉

＊2　ベイカー街（9）

ホームズの下宿は、ベイカー街二二一番地Bにあり、ワトスンも結婚前《けっこんまえ》はいっしょに住んでいた。

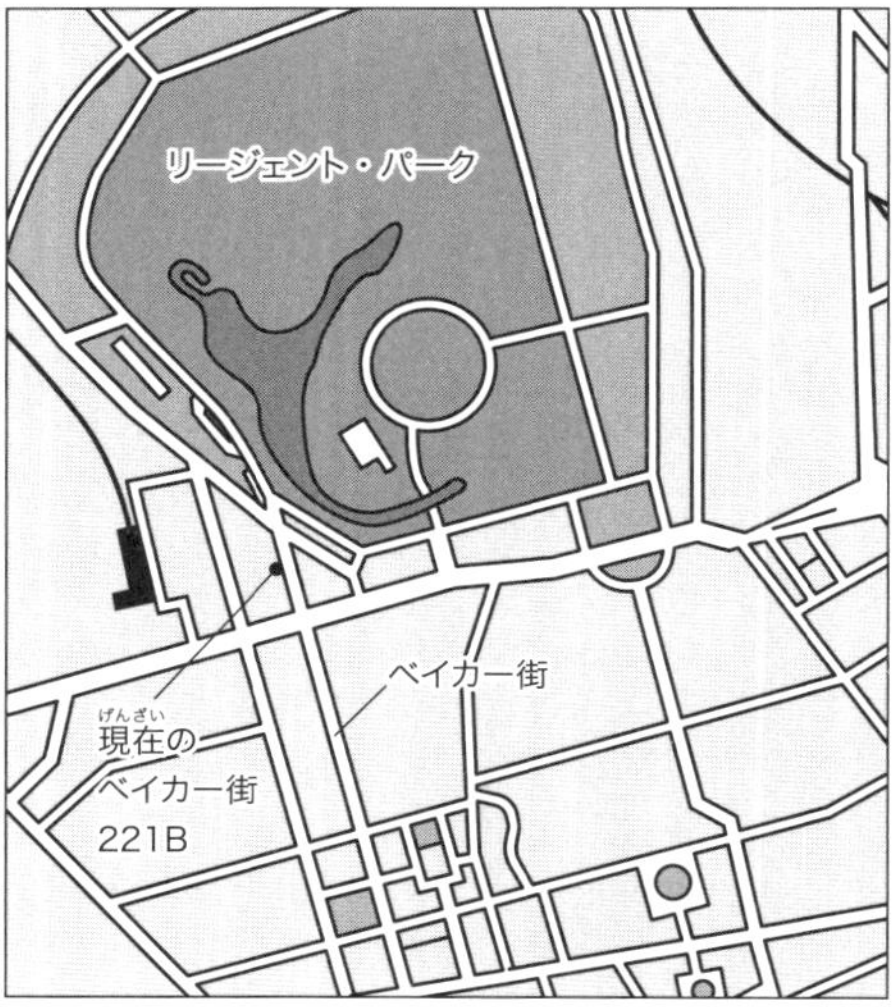

＊2　ベイカー街

＊3　七シリング六ペンス（12）

当時の英国の貨幣制度《かへいせいど》は、一ポンド＝二十シリング＝二百四十ペンス。現在《げんざい》の日本の諸物価《しょぶっか》をもとに考えると、一シリングは約千二百円、一ペニー（ペンス）は約百円に相当する。七シリング六ペンスは、約九千円になる。

＊4　ガス灯（14）

ホームズの時代の照明は、室内・街路ともに、ガスを燃《も》やすガス灯が使われていた。ガスは照明のためのもので、煮炊《にた》きに使うなど、考えてもみない時代だった。ガス灯がロンドンに普及《ふきゅう》したのは、一八二〇年代のこと。

＊４　ガス灯

＊5　諮問探偵《しもんたんてい》（16）

コンサルティング・ディテクティブ。ホームズの職業《しょくぎょう》で、ホームズは世界でひとりしかいないといっていた。警察《けいさつ》や一般《いっぱん》の私立探偵《しりつたんてい》の手にあまる事件《じけん》を、依頼《いらい》によって解決《かいけつ》する。

＊6　アトランタ（21）

アメリカ合衆国《がっしゅうこく》ジョージア州の州都。アメリカ南部の交通・経済《けいざい》・文化の中心地。南北戦争のとき、南軍の本部がおかれていたため、大きな被害《ひがい》をうけた。

＊7　ミドルセックス州のピナー（21）

ミドルセックス州は、イングランド南東部にある州で、ピナーはその北部の村。州の一部がロンドンに吸収《きゅうしゅう》されたこともあり、ロンドンの影響《えいきょう》を強くうけている。

＊8　シティ（33）

ロンドンのもっとも古くにつくられた地区で、ロンドンの商業の中心。広さは約一・六キロメートル四方。

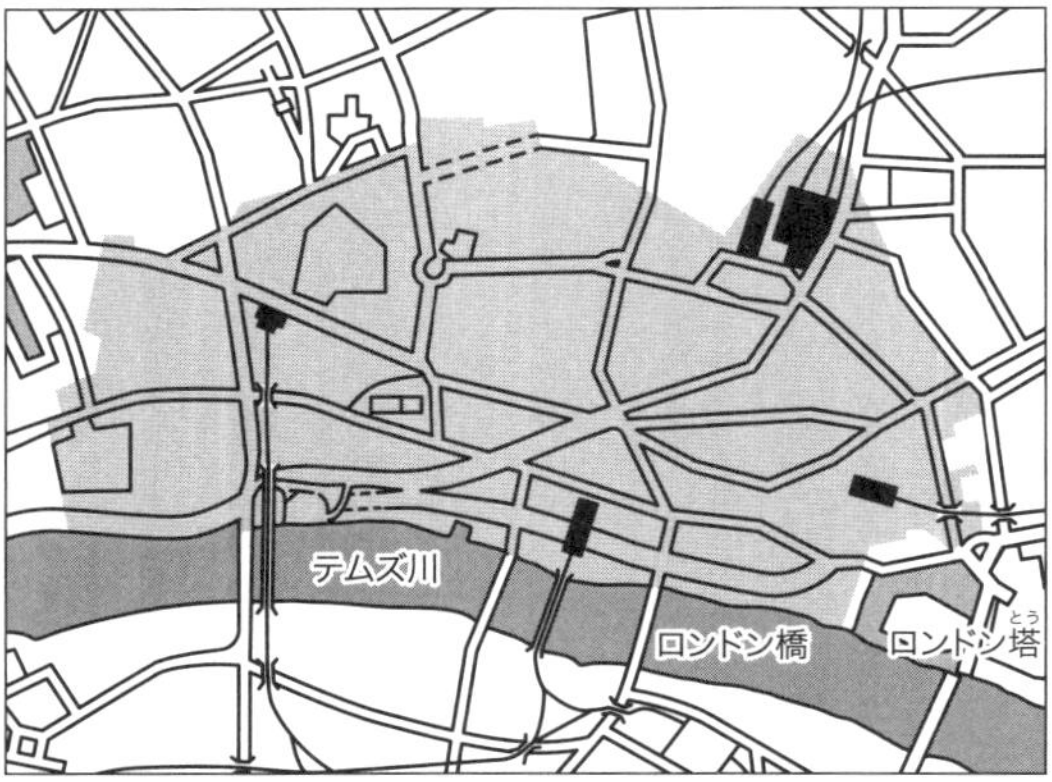

＊８　シティ

＊9　クリスタル・パレス（35）

一八五一年の万国博覧会《ばんこくはくらんかい》のおりに、ハイド・パークにたてられた建物で、当時としてはたいへん近代的なものだった。その後、ロンドン郊外《こうがい》のシドナムにうつされた。現在《げんざい》は焼失し、地名だけが残っている。

＊10　ハンセン病（50）

らい菌《きん》による慢性《まんせい》の感染症《かんせんしょう》で、一八七三年にノルウェーの医師《いし》ハンセンが菌《きん》を発見したことから、こう呼《よ》ばれる。かつては患者《かんじゃ》を隔離《かくり》するなど、難病《なんびょう》としておそれられていたが、現在《げんざい》は治療薬《ちりょうやく》が開発され、完治できるようになった。

＊11　イングランド（50）

英国の地域名《ちいきめい》。グレート・ブリテン島のうち、スコットランド、ウェールズをのぞいた南地域《みなみちいき》。

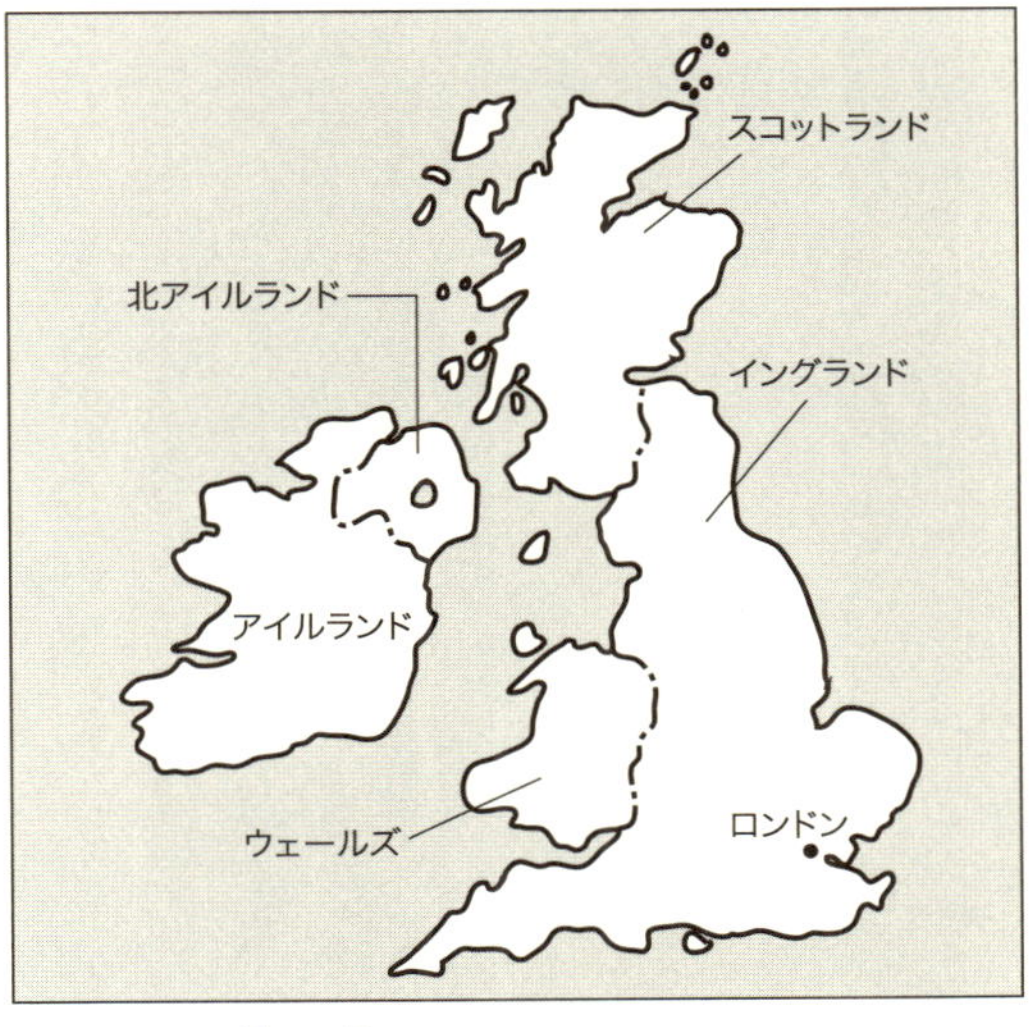

＊11　イングランド

＊12　スコットランド（61）

グレート・ブリテン島の北部にある地域《ちいき》。ホームズ物語の著者《ちょしゃ》コナン・ドイルは、スコットランドのエジンバラの出身。現在《げんざい》はスコットランド・ゲール語と呼《よ》ばれる英語とはちがう言葉が使われている。スコットランドは英国を構成《こうせい》する国のひとつで通貨《つうか》を発行している。通貨はイギリスポンドと同じ価《か》値《ち》。P133の地図参照。

《ギリシャ語通訳《つうやく》》

＊13　黄道傾斜角《こうどうけいしゃかく》の変化（70）

地球から見て太陽が一年かけて動くと考えられる、見かけ上の円形の道すじを黄道という。現在《げんざい》、黄道は地球の赤道に対して、二十三度四分かたむいている。この角度は、長い時間の中で変動する。

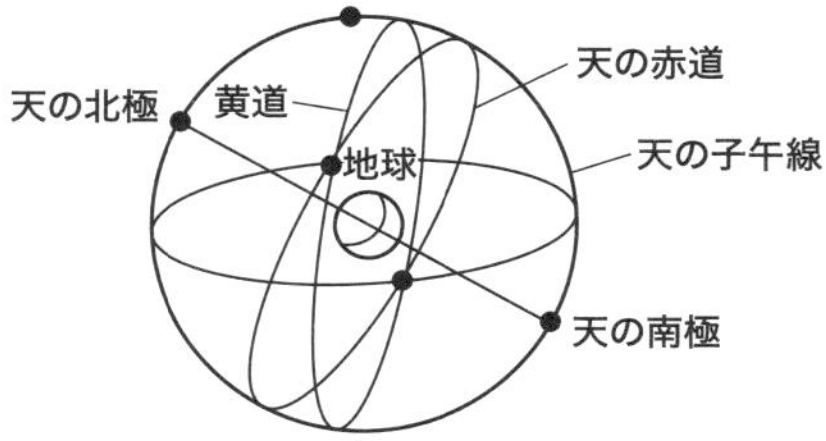

＊13　黄道

＊14　リージェント・サーカス（73）

リージェント街の北、オックスフォード街と交差する広場で、現在《げんざい》のオックスフォード・サーカスのこと。ホームズの時代はこう呼《よ》んだ。

ここでのサーカスとは、いろいろな見世物を見せるサーカスではなく、円形の広場のこと。下の地図参照。

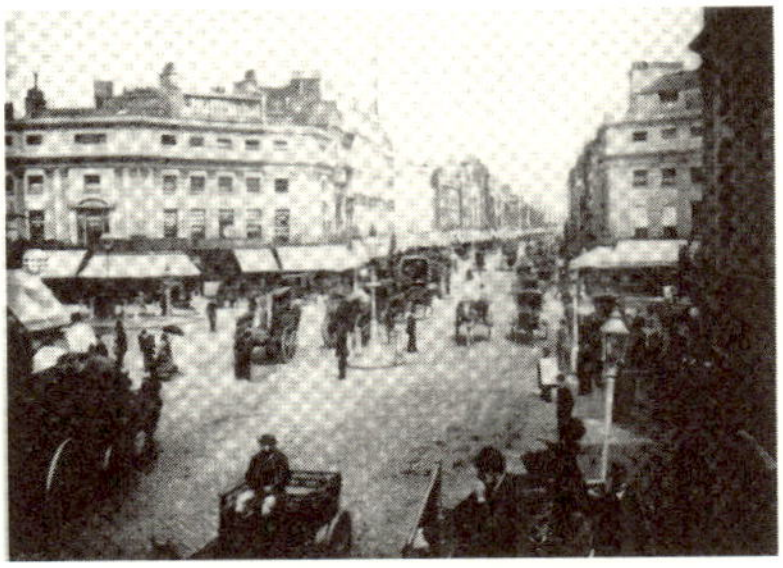

＊14　約百年前のリージェント・サーカス

＊14，16～18，22，23，24，29　ホームズ時代のロンドン

＊15 陪審員《ばいしんいん》（74）

裁判《さいばん》に立ち会い、さばかれる事実について話しあって、評決《ひょうけつ》をくだす人のこと。ホームズの時代には主に裕福《ゆうふく》な中流階級の市民がえらばれる傾向《けいこう》にあったが、しだいに改革され、一般市民《いっぱんしみん》も広く参加できるようになり、陪審員《ばいしんいん》の判断は重要なものとなった。

日本ではこれに似《に》た「裁判員制度《さいばんいんせいど》」が二〇〇九年に導入《どうにゅう》され、市民が刑事裁判《けいじさいばん》に関わることになった。

＊16 ペル・メル（75）

ロンドンの中心部にある繁華街《はんかがい》。一八〇七年、この通りで、ガス灯がはじめてともされた。Ｐ１３５の地図参照。

＊17 ホワイトホール（75）

トラファルガー広場から国会議事堂《こっかいぎじどう》に通じる、約六百メートルの通りの名。まわりに政府《せいふ》の役所が立ちならぶ、ロンドンの官庁街《かんちょうがい》。Ｐ１３５の地図参照。

＊18 セント・ジェームズ街（76）

多くのクラブや、ぜいたくな店が立ちならぶ通り。ホームズ物語には、よく登場する。Ｐ１３５の地図参照。

＊19 カールトン・クラブ（76）

ペル・メルにあった有名なクラブ。会員には、首相をつとめた人もいた。ペル・メルは、現在《げんざい》もクラブの多い場所として知られている。

＊20 ノーサンバランド通り（82）

Ｐ１３５の地図参照。

＊21 辻馬車《つじばしゃ》（85）

現在《げんざい》のタクシーのように使われていた馬車のこと。辻馬車《つじばしゃ》はハンサム・キャブと呼《よ》ばれる二輪馬車が大多数をしめる。都市のせまい道などの移動《いどう》にも便利。都市の主な移動手段《いどうしゅだん》で、ふつう二、三人乗ることができる。まれに四輪馬車の辻馬車《つじばしゃ》もある。

＊22 チャリング・クロス（86）

ロンドンの中心部。サウス・イースタン鉄道の終着点に、チャリング・クロス駅がある。ホームズ物語には、しばしば登場する。Ｐ１３５の地図参照。

＊23 シャフツベリ通り（86）

ピカデリー・サーカスからオックスフォード街までのびる、約一キロメートルの大通り。Ｐ１３５の地図参照。

＊24 オックスフォード街（86）

ロンドン市街地のほぼ中央部をつらぬく、約二・五キロメートルの大通り。ローマ時代につくられた道がもとになっているという、古い通り。Ｐ１３５の地図参照。

＊25　アテネ (98)

ギリシャの首都。古代には、アクロポリスの丘《おか》を中心に、都市国家アテネとしてさかえた。その当時の遺跡《いせき》、パルテノン神殿《しんでん》はたいへん有名。

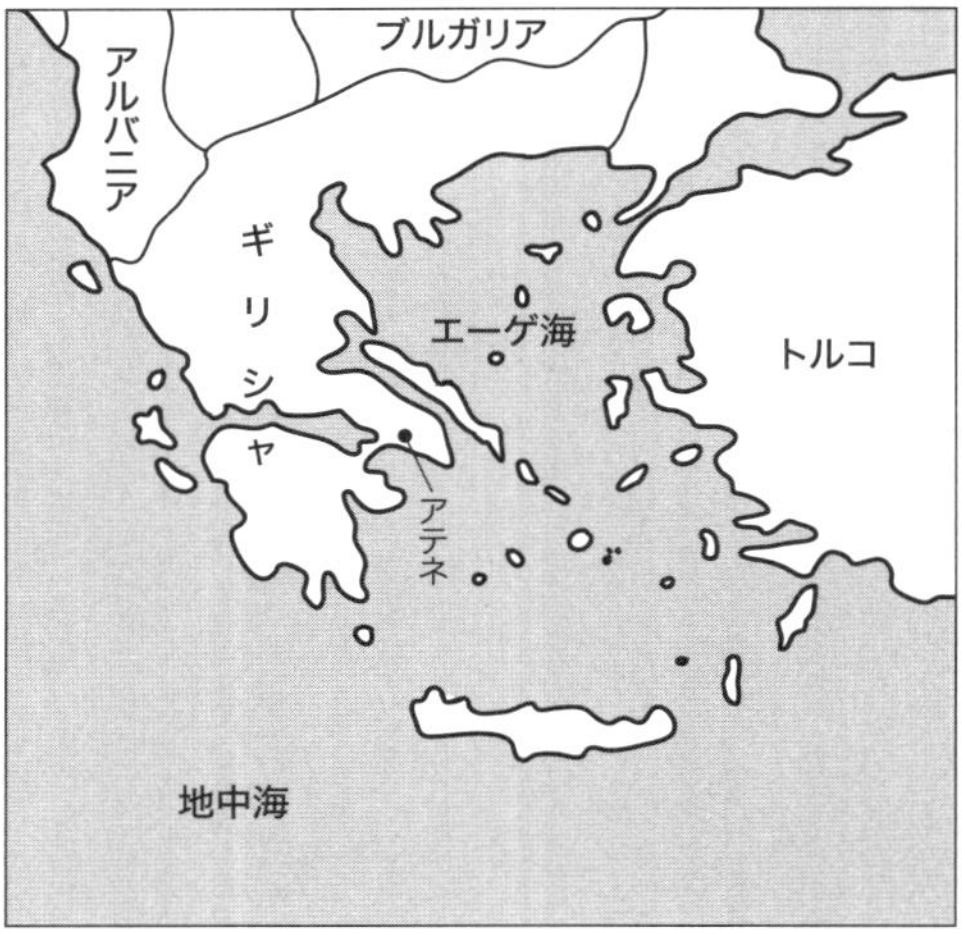

＊25　アテネ

＊26　ヴィクトリア駅 (104)

鉄道のターミナル駅。ドーバー海峡《かいきょう》をわたり、フランスなどへ旅する人のための列車も、ここから出ている。P135の地図参照。

＊27　『デイリー・ニューズ』(105)

ロンドンの朝刊《ちょうかん》新聞で、一八四六年に創刊《そうかん》された。ホームズ物語には、よく登場する。たとえば《緋色《ひいろ》の習作》（本シリーズに収録《しゅうろく》）では、事件《じけん》を報道《ほうどう》した新聞として登場している。

＊27　新聞を読むワトスン。絵／シドニー・パジット

＊28　スコットランド・ヤード（112）

一八二九年に創設《そうせつ》された、ロンドン警視庁《けいしちょう》のこと。スコットランド王が、ロンドンを訪問《ほうもん》したとき滞在《たいざい》した宮殿《きゅうでん》（スコットランド・ヤード）の跡《あと》につくられたことから、こう呼《よ》ばれている。

一八九〇年にテムズ河畔《かはん》に移転《いてん》し、それ以後は、ニュー・スコットランド・ヤードと呼《よ》ばれている。

＊28　テムズ河畔《かはん》にあったころのニュー・スコットランド・ヤード

＊29　ロンドン・ブリッジ駅（116）

Ｐ１３５の地図参照。

＊30　ブダペスト（127）

ハンガリーの首都。ドナウ川をはさんだふたつの市、ブダとペストが一八七二年に合併《がっぺい》してできた。歴史的《れきしてき》な建造物《けんぞうぶつ》の多い美しい街で「ドナウ川の女王」と呼《よ》ばれている。

ホームズをもっと楽しく読むために

小林　司　東山あかね

●この本の作品について

シャーロック・ホームズは、十九世紀《せいき》の英国の作家、アーサー・コナン・ドイルが生み出した名探偵《めいたんてい》です。全部で六十もあるホームズ物語のうち、この本には、十七番めと十八番めにおきた事件《じけん》をおさめました。

ホームズ物語は、ワトスン医師が、友人ホームズの活やくを『事件記録《じけんきろく》』という形でのべたものです。

《黄色い顔》は、一八九三年二月に、《ギリシャ語通訳《つうやく》》は、同じ年の九月に発表された作品です。事件《じけん》がおきた日付は、両作品ともしるされていませんが、いろいろな手がかりをもとにして、《黄色い顔》は一八八八年四月七日、《ギリシャ語通訳《つうやく》》は同じ年の九月十二日におきた事件《じけん》だと推定《すいてい》されています。

《黄色い顔》

数少ないホームズの失敗

この作品のなによりのとくちょうは、ホームズが大失敗をしたという点です。探偵《たんてい》に必要なことは、あざやかな推理《すいり》、こまかい観察、ゆたかな知識《ちしき》、するどい直観力であると、ホームズは『緋色《ひいろ》の習作』（本シリーズに収《しゅう》録《ろく》）と、『四つのサイン』（本シリーズに収録《しゅうろく》予定）の中でかたっています。

この四つの条件《じょうけん》を完全にそなえているホームズは世界一の名探偵《めいたんてい》であり、かれの前には、とけないなぞは存在《そんざい》しないように見えます。ひじょうにふくざつでむずかしい事件《じけん》でも、たちまち解決《かいけつ》してしまうホームズの腕前《うでまえ》を知っている者はだれでも、かれを天才であると思いこみ、すっかり尊敬《そんけい》してしまうのです。

ところが、六十ある事件《じけん》のうち、『ボヘミアの醜《しゅう》

《黄色い顔》で、ホームズに事件《じけん》を依頼《いらい》したマンロウ氏が、散歩に出かけたクリスタル・パレス。

聞《ぶん》』（本シリーズに収録《しゅうろく》）、《オレンジの種五つ》（本シリーズ収録《しゅうろく》）、《最後の事件《じけん》》、そしてこの《黄色い顔》の四つでは、ホームズは成功をおさめることができず、くやしがります。

なかでも、《黄色い顔》では、思いこみによる大失敗をしてしまいました。

ホームズが、この失敗を後悔《こうかい》していることは、作品の最後のシーンで、「これから、ぼくが自分の能力《のうりょく》を過信《かしん》しすぎたときや、事件解決《じけんかいけつ》の努力をおこたっているように思えることがあったら、ぼくの耳元で『ノーベリ』とささやいてくれたまえ」と、ワトスンにたのんだことからも、よくわかります（ノーベリは事件《じけん》がおきた場所）。

ホームズは、なぜ失敗したのでしょうか。もっとよく観察し、もう少し情報《じょうほう》をあつめれば、そんなにむずかしい事件《じけん》ではなかったはずです。それなのに、早とちりで、勝手なりくつをつくり、それ以外の可能性《かのうせい》を考えてみようとしなかったのが失敗の原因《げんいん》です。ワトスンも、「すべて、推測《すいそく》ばかりだね」といってくれたのですが、そのことばを聞き入れなかったので、とんでもない結末になったのでした。

失敗は人生のスパイス

この事件自体《じけんじたい》は失敗に終わりましたが、ホームズ物語全体から考えてみると、この失敗によって、かえってホームズにふかみが出てきているといえます。つまり、ホームズも、たんなるひとりの人間であり、神様ではないということを、この失敗談によって読者が実感できるからです。

もし、いつもいつも完ぺきに成功していたら、かえって「そんな人間はいるはずがない」「うそではないか」という気持ちがわいてきて、もう読みつづける気を失うかもしれません。

ほんとうの人生も、そんなものです。たまに失敗するからこそ、かわいげもあるし、同情《どうじょう》もされるのです。いつも成功ばかりしていたら、かえって高慢《こうまん》な人間になって、みんなにきらわれてしまうかもしれません。

ですから、みなさんも、失敗は人生のスパイスと考えて、気にしないようにしましょう。そんなことでいつまでも落ちこんでいるのは、おろかなことです。

《ギリシャ語通訳《つうやく》》

「前おき」の魅力《みりょく》

ホームズ物語を次つぎに読んでいくと、まずはじめに「前おき」の部分があって、そのあとにやっと事件《じけん》がはじまるという形になっていることが、ひじょうに多いのに気がつくでしょう。

「前おき」は、たいていはベイカー街二二一番地Bにあるホームズの下宿が舞台《ぶたい》で、暖炉《だんろ》の前にいるホームズとワトスンが、なにかをかたりあっているシーンです。この前おき部分が、ホームズ物語の一大とくちょうであり、大きな魅力《みりょく》なのです。

《黄色い顔》では、ふたりが公園を散歩する場面と、わすれもののパイプについて推理《すいり》する場面が「前おき」に使われています。

シャーロック・ホームズの兄、マイクロフト。絵／シドニー・パジット。

《ギリシャ語通訳《つうやく》》では、祖先や兄など、ホームズの身内についての話が、ホームズ自身の口からはじめてかたられます。また、道路を歩いている人物について、兄といっしょに推理《すいり》ゲームを行うシーンも「前おき」になっています。

家族についての話は、読者にとっては、よその家をのぞいてみたいという好奇心《こうきしん》をそそられますし、推理《すいり》ゲームは、ホームズの推理力《すいりりょく》の秘密《ひみつ》を種あかししてくれるようなものですから、おもしろくないはずがありません。

こうして、「前おき」にふたつのアトラクションをもりこんで、読者を作品に引きつけておいてから、奇怪《きかい》な事件《じけん》へと話を展開《てんかい》していくドイルの腕前《うでまえ》は、たいしたものです。

ベイカー街のホームズの下宿のすぐ近くにある、リージェント・パーク。《黄色い顔》で、ホームズとワトスンが散歩したのは、この公園だろう。

作品の欠点をしのぐドイルの技巧《ぎこう》

この作品を読んでみると、いくつかの疑問《ぎもん》がわいてきます。まず第一の点は、ケンプとラティマーのふたりが、けんめいになって、ポール・クラティディスに署名《しょめい》さ

「ソフィ！ ソフィ！」とさけびながら立ちあがった、ポール・クラティディス。絵／パジット。

せようとしたことです。

　ギリシャの金持ちのむすめ、ソフィ・クラティディスの財産《ざいさん》と、その兄ポールの財産《ざいさん》をゆずりわたすという書類《しょるい》に署名《しょめい》させたところで、その書類《しょるい》が強制されて書かされたことをのべ、取り消し公《こう》告《こく》をすれば、署名《しょめい》はたちまち無効《むこう》になってしまいます。ふたりのやったことは、むだになってしまうのです。

　ソフィとラティマーの関係も、たんなる誘拐《ゆうかい》の加害者《かがいしゃ》と被害者《ひがいしゃ》なのか、それとも恋人《こいびと》どうしなのか、よくわかりません。ソフィの財産《ざいさん》を手に入れたいだけならば、「十万ポンドもってこい。もってこなければ、人質《ひとじち》のソフィを殺《ころ》すぞ」といった脅迫状《きょうはくじょう》をソフィの家族に送りつけるのが、悪漢のとるふつうの方法です。

　小さなしんちゅう製《せい》の三脚《さんきゃく》つぼで炭火を燃《も》やし、その不完全燃焼《ふかんぜんねんしょう》による一酸化炭素中毒《いっさんかたんそちゅうどく》によって、ポールとメラスのふたりを殺《ころ》そうとしたのもきみょうです。「小さなしんちゅう製《せい》の三脚《さんきゃく》つぼ」から立ちのぼる、わずかな一酸化炭素《いっさんかたんそ》によって、はたして人を殺《ころ》せるかどうかは不《ふ》確実《かくじつ》です。首をしめるとか、ナイフでさすとか、もっと確実《かくじつ》な方法をなぜとらなかったのか、理解《りかい》できません。

ブダペストからホームズあてに、新聞のスクラップが送られてきたというのも、ふしぎです。ソフィは、ホームズと一度も会っておらず、かれが兄を助けようとしたことも、ホームズの住所も知らないはずです。また、ソフィが送ったのでないとすれば、いったいだれが、ハンガリーからロンドンへスクラップを送ったのでしょうか。

ダヴェンポートという男が、マイクロフトに手紙をよこして、ソフィがマートルズ屋敷《やしき》にいることを教えたというのも、話がうますぎます。

それに、ラティマーがソフィを誘拐《ゆうかい》してとじこめてい

ペル・メル街にある古い建物。ディオゲネス・クラブも、こういう建物にあったようだ。

るのならば、その場所を他人に話したりしないでしょう。かりになにかの理由で、ダヴェンポートがそのかくれ家を知っていたとしても、えたいのしれない新聞広告《しんぶんこうこく》におうじて、やすやすとマートルズ屋敷《やしき》を教えるはずがありません。

このように、この作品には、たくさんの疑問点《ぎもんてん》があります。それでもこの作品は、事件《じけん》の展《てん》開《かい》のテンポの速さ、ギリシャ語がもつエキゾティックな神秘性《しんぴせい》、恋愛《れんあい》めいた男女の関係、密室《みっしつ》での脅迫《きょうはく》などたくみに組みあわされたぶきみさ、危機一髪《ききいっぱつ》というしゅんかんに通訳《つうやく》をすくいだすスリルなどの要素《ようそ》によって読者を引っぱり、最後まで息もつかせずに読ませる力をもっています。

あらすじだけを考えれば、たんなる誘拐事件《ゆうかいじけん》にすぎないのに、これだけおもしろい読み物にしたてあげたのは、ドイルがなみなみならぬストーリー・テラーの力量をそなえていたからです。ただ、正しいことをした通訳《つうやく》のメラスがひどいめにあい、あやうく死にかけたことは、ちょっと後味が悪いですね。

●ホームズ物語でみる、人種と民族に対する差別

米国に対する偏見《へんけん》

ホームズ物語には、アメリカ合衆国《がっしゅうこく》（米国）が何回も登場します。たとえば《緋色《ひいろ》の習作》（本シリーズに収録《しゅうろく》）と《恐怖《きょうふ》の谷》（本シリーズに収録《しゅうろく》）というふたつの長編小説《ちょうへんしょうせつ》では、米国がおもな舞台《ぶたい》になっています。

前者の後ろ三分の二をしめている「第二部」では、米国・ユタ州のソルトレーク市と砂漠《さばく》を舞台《ぶたい》に、モルモン教徒の秘密結社《ひみつけっしゃ》を中心とした物語がくりひろげられ、米国は未開の後進国といった印象《いんしょう》をうけます。当時のモルモン教徒は一夫多妻《いっぷたさい》で、英国から見ればやばんな結婚制度《けっこんせいど》と思われていたようです（現在《げんざい》のモルモン教ではそのようなことはありえません）。

また、《花よめ失そう事件《じけん》》（本シリーズに収録《しゅうろく》）では、米国の富豪《ふごう》のむすめ、ハティ・ドランが結婚披露宴《けっこんひろうえん》の席上からとつぜん失そうしてしまいます。

この富豪《ふごう》は、数年前まで無一文だったのに、金鉱《きんこう》をほりあて、大金持ちになったのでした。野性的《やせいてき》なむすめハティは、米国でフランクという青年と恋愛関係《れんあいかんけい》にありましたが、父親はそれに反対していました。ふたりは、ひそかに結婚《けっこん》して、フランクが財産《ざいさん》をつくりあげるまではと、

わかれてくらすことにしました。

　ところが、フランクがいたニュー・メキシコの鉱《こう》山《ざん》が、アパッチ族におそわれ、フランクも殺《ころ》されてしまったと、新聞で報道《ほうどう》されました。それを見たハティは、フランクのことをあきらめて、英国の貴《き》族《ぞく》、セント・サイモン卿《きょう》と結婚《けっこん》することにしました。

　しかし、じつはフランクは生きていて、ハティをさがしに英国へきていたのです。ハティもそれを知り、披露宴《ひろうえん》の席《せき》からにげだして、フランクの元へ行ったというのが《花よめ失そう事件《じけん》》の真相でした。

　しらべてみると、米国ではたしかに一部でこのような状態《じょうたい》も見られたので、英国の人から偏見《へんけん》をもたれても、しかたがなかったのかもしれません。

《黄色い顔》では、米国のアトランタで、白人女性《はくじんじょせい》エフィが、黒人の弁護士《べんごし》ジョン・ヘブロンと結婚《けっこん》したことになっています。けれども、当時は白人女性《はくじんじょせい》と黒人男性《こくじんだんせい》が正式に結婚《けっこん》すること

ハティ・ドーランの失そうのわけを知った、セント・サイモン卿《きょう》。絵／パジット。

はありえなかったようなのです。

一八六三年に奴隷解放宣言《どれいかいほうせんげん》が出され、黒人の奴隷《どれい》が解放《かいほう》されたように見えますが、奴隷解放《どれいかいほう》の父と呼《よ》ばれたリンカーンでさえもが「黒人と白人とを、同等にしようとは考えていない」と、はっきりいっています。南北戦争で北軍が勝ち、ジム・クロー法という法律《ほうりつ》ができると、人種差別はいっそうはげしくなりました。

ストウ夫人（ハリエット・ビーチャー・ストウ）（一八一一～一八九六年）は『アンクル・トムの小屋』を書き、一八五二年に人種差別や奴隷制《どれいせい》をやめようとうったえました。ドイルもその作品を知っていたと思われます。なぜなら、ホームズ物語のひとつ、《ボール箱》には、ストウ夫人の兄弟のヘンリー・ウォード・ビーチャー（一八一三～一八八七年）という有名な牧師《ぼくし》について、ホームズがかたる場面が出てくるからです。

しかも、この作品では、カッシングという女性《じょせい》の元に切りとられた耳が送られてくるという事件《じけん》がおきますが、ストウ夫人も、奴隷解放《どれいかいほう》に反対する立場の人から、切りとられた黒人の耳を送りつけられたことがあるのです。ドイルは、あきらかにストウ夫人を意識《いしき》して《ボール箱》を書いたのです。

人種差別に対するドイルの態度《たいど》

それでは、ドイルも、ストウ夫人と同じように奴隷制《どれいせい》に反対し、人種差別にも反対していたのでしょうか。

《黄色い顔》の終わりの部分では、マンロウが黒い肌《はだ》の子どもをだきあげてキスをします。「ぼくは完ぺきにりっぱな男性《だんせい》ではないが、きみが思っているよりは、少しはましな人間かもしれないよ」。このマンロウのことばで、読者はひと安心して、ドイルは人種差別をしない人だったと思ってしまいます。

ところが、第一次世界大戦のとき、ドイルは新聞社へ手紙を送り、「(英国の敵《てき》の)ドイツ人のことを、ボッシュ(ドイツやろう)と書きなさい」と主張《しゅちょう》しました。また、日本人に対しても、「ジャップ」というけいべつした呼《よ》び名を使ったのです。

たしかに、当時は英国が世界一の先進国で、ほかは英国よりおくれた国でした。

しかし、文明がおくれて発達する国の住民やその人種を、一段《いちだん》低い人間とみなして差別してよいかといえば、そんなことはありません。人間は人間で、みんな平等、同じはずです。

「天は人の上に人をつくらず、人の下に人をつくらず」ということばは有名で、福沢諭吉《ふくざわゆきち》が書いた『学問のすゝめ』の冒頭《ぼうとう》にあります。

けれども、百年前のドイルの時代には、人種差別をやめようという考えはまだ一般《いっぱん》に広まっていませんでした。そして、どちらかといえば保守的な考えをもっていたドイルも、一般大衆《いっぱんたいしゅう》なみにかなり強い人種差別の意識《いしき》をもっていたことが、ホームズ物語のことばのはしばしにうかがわれます。

米国については、以上にのべたことのほかに、《踊《おど》る人形》では、米国がギャングの巣であるかのように書いていますし、《トール橋》の米国の金山王ギブスンは、冷酷《れいこく》な金もうけ主義《しゅぎ》の新興成金《しんこうなりきん》としてえがかれています。

黒い肌《はだ》の子どもをだきあげるマンロウ。
絵／パジット。

つまり、ホームズ物語に登場する米国人をながめると、まともでない人間が多いのです。わずかに、《バスカヴィル家の犬》（本シリーズに収録《しゅうろく》）のサー・ヘンリー・バスカヴィルがまともに近いのですが、ホテルでブーツを片方《かたほう》とられて大さわぎするなど、どちらかといえば戯《ぎ》画《が》化《か》された人物としてえがかれています。

《赤毛組合》（本シリーズに収録《しゅうろく》）や《三人ガリデブ》では、米国の金持ちがくだらない遺言《ゆいごん》を残して死んだことになっているのも、米国人を見くだしていたからでしょう。英国人の遺言《ゆいごん》ではないことにしたのは、ドイルの偏見《へんけん》だと思います。

米国以外の国ぐにへの偏見《へんけん》

中南米の国ぐにに対しても、ドイルの態度《たいど》はかわりません。《ウィステリア荘《そう》》には、中央アメリカのサン・ペドロ国（架空《かくう》の国）の暴君《ぼうくん》、ドン・ムリロが登場しますし、サン・ペドロの未開地から出てきたばかりの料理人の「未開原住人」も出てきます。

《吸血鬼《きゅうけつき》》のヒロインは美人なペルー人ですが、この作品は、英国人の夫がかのじょを吸血鬼《きゅうけつき》だと思いこんでしまうという物語です。

また、ヨーロッパの国ぐにも同じように登場します。《金縁《きんぶち》の鼻眼鏡《はなめがね》》には、ロシアの革命家の裏切《うらぎ》り行為《こうい》、シベリア流刑《りゅうけい》、絞首刑《こうしゅけい》などがえがかれています。

《六つのナポレオン》では、イタリア人のどろぼうベッポが、また《赤い輪》では、イタリアのナポリにある秘密結社《ひみつけっしゃ》、「赤い輪」のゴルジアーノが、同じイタリア人を殺《ころ》そうとして、おいかけます。

《這《は》う男》では、チェコのプラハにいるロウエンシュタインという学者が、サルの血液《けつえき》から若《わか》返《がえ》りの薬をつくりだします。

《三破風館《さんはふかん》》には、イザドウラ・クラインというスペイン人の悪女が出てきます。また、この話の冒頭《ぼうとう》には、少し頭の回転がにぶいアフリカ系《けい》の大男が出てきますが、この男はずいぶん下品にえがかれています。

ドイルは、インド系《けい》の青年ジョージ・エダルジの傷害事件《しょうがいじけん》や、ユダヤ人のオスカー・スレイターの殺人容疑《さつじんようぎ》を、みずからかって出て弁護《べんご》したこともあるくらいで、人種差別をしないように努力していました。そのドイルでさえも、ホームズ物語の中に、これまでのべてきたようなさまざまな偏見《へんけん》と差別とを書いてしまったのですから、当時の英国人がいかに人種差別に対して無神経《むしんけい》だったかということがわかります。

現在《げんざい》のわたしたちは、「世界」や「国際《こくさい》」といったことばを聞けば、すぐに地球全体を連想しますが、奈良時代の人ならば、世界とは日本と中国だけを意味したでしょう。わたしたちが、地球全体を「世界」だと考えるようになったのは、ほんのここ百年くらいのことなのです。わたしたち日本人も、第二次世界大戦前には、多くの人が外国人を見たこともありませんでした。

現在《げんざい》でもなお、有色人種、ユダヤ人などに対する白人の側《がわ》からの差別が、欧米《おうべい》には根強く残っています。わたしたちは、ホームズ物語から人種差別の考え方を読みとり、それがまちがった考えであることを知らなければなりません。

差別は、電車の中で足をふまれるようなもので、ふまれた経験《けいけん》のない人には、その痛《いた》みはわかりません。自分が差別された場合のことを考えて、他人を差別しないようにしたいものです。

※この本に出てくる「英国」とは、イギリスのことです。

★作者

コナン・ドイル（Sir Arthur Conan Doyle）

1859年、スコットランド・エジンバラに生まれる。エジンバラ大学医学部を卒業して医院を開業。1887年最初の「シャーロック・ホームズ」物語である『緋色の習作』を発表。その後、医師はやめ、60編におよぶ「シャーロック・ホームズ」物語を世に送りだした。「シャーロック・ホームズ」のほかにもSFや歴史小説など多数の著作を残している。1930年71歳で逝去。

★訳者

小林《こばやし》　司《つかさ》

1929年、青森県に生まれる。東京大学大学院博士課程修了。医学博士。精神科医。フルブライト研究員として渡米。上智大学カウンセリング研究所教授などをへて、メンタル・ヘルス国際情報センター所長。世界的ホームズ研究家として知られる。ベイカー・ストリート・イレギュラーズ（BSI）会員。1977年日本シャーロック・ホームズ・クラブ創設・主宰。

主な著書は『「生きがい」とは何か』『脳を育てる　脳を守る』など多数。

2010年帰天。

東山《ひがしやま》あかね

1947年、東京都に生まれる。東京女子大学短期大学部卒業の後、明治学院大学卒業。夫小林司とともに日本シャーロック・ホームズ・クラブを主宰しホームズ関連本を執筆する。

ベイカー・ストリート・イレギュラーズ（BSI）会員。社会福祉士、精神保健福祉士。

小林との共著は『ガス燈に浮かぶシャーロック・ホームズ』『裏読みシャーロック・ホームズ　ドイルの暗号』『シャーロック・ホームズ入門百科』など、訳書『シャーロック・ホームズの私生活』『シャーロック・ホームズ17の愉しみ』『シャーロック・ホームズ全集』（全9巻）など多数。

単著は『シャーロック・ホームズを歩く』『脳卒中サバイバル』。

編集　ニシ工芸株式会社（森脇郁実、大石さえ子、高瀬和也、中山史奈、是村ゆかり）
校正　ペーパーハウス
装丁　岩間佐和子

＊本書は1993年刊「ホームズは名探偵」シリーズ10『ギリシャ語通訳の悲劇』に加筆・修正し、イラストを新たにかき下ろしたものです。

名探偵《めいたんてい》シャーロック・ホームズ
ギリシャ語通訳《つうやく》

初版発行　2024年12月

作／コナン・ドイル
訳／小林司　東山あかね
絵／猫野クロ

発行所　株式会社 金の星社
〒111-0056 東京都台東区小島 1-4-3
TEL　03-3861-1861（代表）　FAX　03-3861-1507
振替　00100-0-64678
ホームページ　https://www.kinnohoshi.co.jp

印刷　株式会社 広済堂ネクスト　製本　牧製本印刷 株式会社

158ページ　19.4cm　NDC933　ISBN978-4-323-05991-4

乱丁落丁本は、ご面倒ですが小社販売部宛にご送付ください。送料小社負担でお取り替えいたします。

名探偵《めいたんてい》シャーロック・ホームズ

コナン・ドイル 作　小林 司・東山あかね 訳
猫野クロ 絵

シャーロック・ホームズの熱狂的《ねっきょうてき》な愛好家《あいこうか》のことを
シャーロッキアンといいます。
日本を代表するシャーロッキアンにして
日本シャーロック・ホームズ・クラブ主宰《しゅさい》が訳した
小学校4年生から読める本格《ほんかく》ミステリー。
各巻に豊富《ほうふ》な資料とくわしい作品解説《かいせつ》を掲載《けいさい》。
天才シャーロック・ホームズの世界をお楽しみください。

『緋色《ひいろ》の習作』
『グロリア・スコット号事件』
『花よめ失そう事件』
『赤毛組合』
『青いガーネット』
『恐怖《きょうふ》の谷』
『バスカヴィル家の犬』
『まだらのひも』
『ボヘミアの醜聞《しゅうぶん》』
『二つの顔を持つ男』
『ギリシャ語通訳《つうやく》』
『四つのサイン』